Quando o céu mudar de cor
Júlia Rezende

CAPÍTULO 1

Eu estava me sentindo tentada a pedir um bolinho, mas, no final das contas, acabei pedindo apenas um café para me manter acordada até o vôo. Depois de informar meu nome ao moço que fazia os cafés, chequei as horas no celular. Já eram quase três da tarde, e o vôo era às quatro. Apesar de gostar do clima de aeroporto, de idas e vindas, e das milhares de histórias que eu imaginava estarem acontecendo ao meu redor, já estava cansada da cadeira dura em que estava sentada, ao lado do meu portão de embarque. Foi por isso que resolvi comprar o café, mesmo que não fizesse muito tempo que eu havia almoçado e mesmo que eu não gostasse tanto de café.

- Celina! – ouvi a mocinha do caixa chamar meu nome enquanto segurava meu café fumegante nas mãos.

Peguei o copo de papel quente e murmurei um *obrigada* antes de voltar para meu lugar, onde meu pai me esperava pacientemente com os olhos grudados em seu celular. Ele era bem mais adepto às novas tecnologias do que eu e definitivamente tinha mais gente com quem se comunicar nas redes sociais, e mais assuntos com os quais devia atualizá-las. Além, claro, de haver mais pessoas que realmente se importavam com suas atualizações.

Meu pai desviou os olhos para espiar meu café apenas por um segundo.

- Achei que odiasse café, Cel. – murmurou ele.

Sentei-me ao seu lado e bebi um gole do líquido quente. O gosto amargo não me agradou, como não havia agradado em todas as outras vezes que eu tinha experimentado. Mesmo assim, voltei a beber até que meu paladar tivesse se acostumado à amargura.

- Odiar... – murmurei de volta, suspirando. – Odiar é uma palavra muito forte. Mesmo assim...

Vi seus lábios esboçarem um sorriso discreto.

- Mesmo assim, é verdade. – completou ele. Guardando o celular no bolso, voltou-se para mim, pegou o café de minhas mãos e tomou um gole. – Por que a insistência em beber então?

- Humm... – pensei um pouco com os olhos semicerrados. – Melhora o humor?

- Bom, vou começar a te dar uma dose diária pela manhã então. Quem sabe assim começamos a brigar um pouco menos. – disse meu pai, mas com um sorriso no rosto.

Bufei e tomei o café das mãos dele.

Era verdade que brigávamos muito. Desde a morte de minha mãe, há dois anos, meu pai tinha se tornado muito rígido e excessivamente protetor, e eu, passado por uma fase curta de súbita rebeldia. Além disso, havia o fato de que éramos completamente diferentes. As brigas eram frequentes e por motivos não muito importantes, mas se havia algo que meu pai e eu tínhamos em comum, era a teimosia, o orgulho.

Algum tempo depois, ouvi a voz de uma mulher anunciar que nosso embarque havia começado e me levantei, o café em uma das mãos e minha bolsa na outra. Com meu pai ao meu lado, segui até o lugar onde uma pequena fila de pessoas tinha surgido.

Estávamos indo para o Chile, onde meu pai tinha nascido. Ele era dono de uma vinícola no país, em parceria com um de seus vários primos distantes. Nossas visitas tornaram-se mais frequentes depois do acidente de minha mãe. Imagino que meu pai se sentia melhor perto das videiras que marcaram sua infância, além do fato de que ele e minha mãe tinham se conhecido em meio a um monte dessas árvores. Eu não me importava em ir ocasionalmente com ele. Normalmente, ficava na capital do país enquanto ele viajava a negócios para as cidades próximas. Isso significava algumas horas livres para ir aos parques, shoppings e museus, e não era algo do qual eu iria reclamar.

Fomos um dos primeiros a entrar no avião, o que eu sabia que agradava meu pai: ele odiava a confusão de gente nos minúsculos corredores, o abrir e fechar dos bagageiros e a correria para se sentar.

Suspirei ao encontrar meu lugar, encarando a estúpida televisão grudada no banco da frente e pensando o quanto odiava aviões. Esse era um detalhe que costumava me esquecer ao concordar em viajar, pelo menos até que estivesse acomodada no assento, com o cinto bem preso e a voz da aeromoça ressoando em meus ouvidos. Remexi em minha bolsa até que o capitão anunciasse a decolagem, quando fechei meus olhos e rezei para que as próximas quatro horas passassem rápido.

Já eram quase nove horas da noite quando finalmente conseguimos sair do aeroporto e pegar um táxi para o nosso hotel. Sempre ficávamos no mesmo hotel, e, por mais que eu gostasse da ideia de variar um pouco, era mais fácil ficar na mesma área que eu já conhecia, perto dos lugares que podia visitar, e perto de onde ficavam as estações de metrô e shoppings.

Joguei-me na cama gigante ao lado da janela assim que entrei no quarto e minhas juntas doloridas agradeceram. Era bom finalmente poder dormir confortavelmente depois de horas no avião. Eu nunca conseguia adormecer nas cadeiras minúsculas, mas não podia deixar de tentar, o que me deixava com dores por causa das estranhas posições.

- Já vai se deitar, Cel? – perguntou meu pai da cama dele. Ele mal passara dos quarenta anos e os cabelos já estavam praticamente todos acinzentados. Ele envelhecera muito rápido depois da morte de minha mãe. Mesmo assim, seus olhos castanhos continuavam agitados e brilhantes como haviam sido antes, em todas às vezes em que tinham visitado seu país de origem.

- Podemos assistir algo. – respondi, abrindo um sorriso.

Ele sorriu de volta e puxou sua mala para perto de si, tirando de lá três dvd`s com aparência velha. Abanou-os no ar, mostrando suas capas para mim.

- Temos *O Branco no Preto*,*Sociologia das Baleias* e *O Que Aconteceu na Turquia*.

- Da última vez vimos o das baleias. – falei decidida. - Vamos à Turquia.

Minha mãe era uma cineasta e atriz amadora quando jovem. Na faculdade, ela e seus amigos faziam filmes curtos sobre o que tivessem vontade e alguns até eram exibidos em sessões de cinema ao ar livre no campus. Em casa, tínhamos uma prateleira inteira de seus filmes e eu e meu pai gostávamos de assisti-los. Não eram realmente bons, ou particularmente artísticos, e as atuações não eram boas, mas nós dois sabíamos que essas coisas não importavam: só assistíamos para nos sentirmos mais próximos dela.

O Que Aconteceu na Turquia era sobre uma mulher, Gothel, cujo sonho era viajar para a Turquia, e então, quando ela consegue ir, fica lá por dois anos. Quando volta, está careca, se recusa a usar sapatos e não tira os óculos escuros. Ninguém sabe o porquê e não é especificado no final do filme. Minha mãe dizia que o garoto que tinha inventado o roteiro estava bêbado quando o inventou, e que depois, sóbrio, resolveu que tinha que produzir o filme, mesmo sem final. Ele dizia que algum dia, quando fosse um grande cineasta e todos quisessem saber o que realmente tinha acontecido, ele faria uma continuação. No final das contas ele não virou um grande cineasta, então ninguém nunca soube a verdade.

- Ela está linda nesse. – murmurou meu pai, os olhos fixos na figura jovem de minha mãe na tela da TV.

Ela interpretava a irmã de Gothel, Rochelle. Seus cabelos loiros estavam mais lisos que nunca e os olhos azuis brilhantes estavam destacados por causa da maquiagem pesada. Eu não parecia nada com ela. Meus cabelos eram castanhos, em um tom achocolatado, como os de meu pai. O rosto era arredondado, combinando com o formato de minha boca miúda em formato de coração. Apenas meus olhos se assemelhavam aos dela, mas enquanto os seus eram de um azul muito claro, os meus tinham um tom mais escurecido.

Quando terminamos de assistir ao filme já era quase meia noite, e eu me encolhi na cama quente e macia, adormecendo em minutos.

No dia seguinte, acordamos cedo como de costume e fomos os primeiros a chegar ao café da manhã. Meu pai era um grande apreciador de pães e esse era um dos motivos que nos fazia ficar sempre no mesmo hotel. Conhecido pela sua enorme variedade, o café da manhã era praticamente um paraíso. Então, já familiarizado com os empregados da cozinha, ele logo sumiu para ir conversar com os confeiteiros, deixando-me sozinha na mesa, cercada por dezenas de pães.

Quando voltou, trazia consigo pequenos pãezinhos, direto da cozinha. Pelo que me disse, eram experimentos que o novo cozinheiro estava fazendo.

- Hum! Você tem que experimentar esse, Cel! – murmurou ele com a boca cheia de pão, já me entregando um pedaço.

Dei uma mordida devagar na massa quentinha, e senti um sabor adocicado. Meu pai me encarava com um olhar cheio de expectativa.

- É gostoso, pai. – respondi, sorrindo. – Que horas você vai sair?

- Já quer se livrar de mim? – perguntou com as sobrancelhas erguidas, fingindo-se de ofendido. – Não viajarei hoje, Celina. Na verdade, eu e Luciano vamos nos encontrar para almoçar.

Luciano era o parceiro de trabalho de meu pai e seu primo distante. Era ele quem cuidava dos negócios no Chile e comparecia à maioria das reuniões.

- Você vai gostar do restaurante. Lorena vai estar lá também, vocês podem conversar. – continuou ele.

- Eu vou? – perguntei, surpresa.

- Mas é claro. – respondeu apenas.

Ao mesmo tempo que estava feliz que meu pai finalmente me levaria para algum lugar novo, estava preocupada com meu reencontro com Lorena. Quando éramos crianças costumávamos ser amigas, mas, em algum ponto entre nossos doze e quinze anos, começamos a nos desentender. Mais tarde, brigamos sério por alguma coisa estúpida, e eu resolvi que ela não era boa companhia. Eu a achava mimada, chata e egocêntrica. Meu pai, porém, não sabia disso. Ele inclusive acreditava que eu ainda tinha contato com Lorena. Havia sido fácil manter essa história, já que das últimas vezes que viemos ao Chile não a encontramos.

- Não acho que Lorena queira me ver, pai. – murmurei, encarando o vaso de flores amarelas no centro da mesa.

Ele ergueu as sobrancelhas.

- Por que não?

- Nós meio que brigamos. – respondi. – Já faz tempo. Mas de qualquer jeito, acho que não é uma boa ideia.

Ele fez um gesto com as mãos, sacudindo a cabeça e tomando seu café.

- Não seja boba, Cel. – murmurou ele. – Provavelmente foi apenas uma briga de criança. Além disso, Luciano me disse que Lorena está muito mudada. Com certeza vocês podem resolver seja lá o que tenha acontecido.

Perguntei-me o que "estar mudada" significava. Da última vez que a vi, ela estava, como eu, entrando na adolescência, tinha uma péssima atitude e aparelho nos dentes. Provavelmente teria tirado o aparelho. Talvez a atitude tivesse melhorado. Mesmo assim, duvidava que me identificaria com seu estilo de vida. A família de Lorena era muito rica. Para eles, o negócio das vinícolas era pura diversão, sem muitos compromissos. Sua verdadeira fortuna vinha de sua mãe, que eu não sabia exatamente como arrumava tanto dinheiro. Lorena sempre teve tudo que queria, de bonecas a computadores, e fazia questão de deixar isso bem claro.

- Talvez. – respondi, apenas para agradar meu pai.

Já passava da uma da tarde e eu e meu pai estávamos em frente ao restaurante combinado, que ficava no décimo andar de algum prédio na Providencia. De acordo com ele, Luciano e Lorena já estavam nos esperando. Mal havíamos entrado e um garçom veio nos atender, perguntando sobre nossa reserva e nos guiando por entre as mesas.

O local era muito iluminado, com janelas que iam do chão ao teto, dando uma vista da cidade. As mesas e cadeiras eram todas pretas. Se não fosse pela decoração escura, poderíamos estar numa festa de casamento, enfeitada por dezenas de arranjos de flores coloridas e lustres de cristal pendurados no teto. O local era tão grande que eu duvidava que conseguiria sair de lá sozinha, e já tínhamos andado muito quando finalmente chegamos a nossa mesa.

- Lorenzo, finalmente! – exclamou o homem na mesa ao nos ver, e levantou-se. Ele era baixo, muito magro, e de cabelos já quase que todos brancos. Certamente já não era jovem como da última vez que eu o tinha visto. A mulher ao seu lado, porém, parecia ter parado no tempo. Se possível, ela estava ainda mais bonita que há alguns anos. Seus cabelos ruivos estavam perfeitamente trançados, a pele como a de boneca, mesmo sem maquiagem. Os olhos eram azuis, elétricos e brilhantes.

Meu pai e Luciano se abraçaram rapidamente, sorrindo, e então ele se virou para mim.

- Celina? – disse ele, puxando-me para um abraço também. – Mal posso acreditar o quanto você cresceu! Quantos anos já tem?

Sorri timidamente e me afastei, arrumando minha roupa.

- Dezessete. – respondi, mas ele já estava distraído conversando com meu pai.

Sentamo-nos a mesa e eu afundei no assento macio na cadeira. Os talheres estavam polidos, refletindo a luz dos lustres como espelhos. Como apreciadora de lugares agradáveis e bem organizados, já me sentia satisfeita com o restaurante, mesmo sem ainda ter provado qualquer coisa.

Depois que pedimos nossas bebidas, Luciano voltou a atenção para mim.

- Dezessete, então? – murmurou ele, que pelo jeito tinha ouvido minha resposta. – Claro, é a mesma idade de Lorena.

- Ela foi ao banheiro. – murmurou a mulher, que me lembrei se chamar Marcele. – Lorena. Mas já deve estar voltando.

Nesse momento, coincidentemente, alguém chegou a nossa mesa e sentou-se na ponta.

- Ah. – sorriu Luciano. – Aí está ela.

A menina na ponta da mesa esboçou um mínimo sorriso e me encarou. Com certeza, estava mudada. Lorena sempre tinha sido bonita, tendo a mãe que tinha. Mas jamais a teria imaginado como intimidante. Seus cabelos, negros como os do pai um dia tinham sido, caiam ao redor de seus ombros em ondas largas. Havia mechas cobre nas pontas. Os olhos azuis, como os de Marcele, destacavam-se em meio aos cílios e pálpebras marcados de maquiagem muito preta. Os lábios estavam pintados de vinho. A pele muito branca contrastava com a blusa preta e justa, e a saia de tule, também preta. Ela estava aterrorizante e maravilhosa ao mesmo tempo.

- Olá. – disse ela, tomando um gole de alguma coisa que havia pedido, a voz rouca se estendendo de maneira monótona.

- Oi. – murmurei, desviando os olhos. Julgando pelo seu comportamento, conclui que ela não havia se esquecido de nossa briga. – Com licença. Também preciso ir ao banheiro.

Corri para o atendente mais próximo e perguntei onde era o toalete. Devido ao tamanho do restaurante e a minha distração, andei em círculos por alguns minutos antes de conseguir finalmente encontrar o banheiro. Lá dentro era quase tão chique quanto o resto do restaurante. A pia era extremamente branca, enfeitada com pequenos buquês de flores rosadas. Havia ainda poltronas azuladas nos cantos do cômodo e, ao lado de cada um deles, uma mesa estava disposta, oferecendo tudo que qualquer pessoa poderia precisar em um banheiro. Desviando os olhos impressionados, liguei a torneira para lavar as mãos já limpas, sentindo o jato forte de água morna. Não sabia bem o que pretendia fazer lá, então me encarei no espelho, que ocupava uma parede inteira, secando os dedos com um papel.

Eu tinha escolhido usar um vestido cinza justo com mangas curtas e meus tênis All Star brancos, que eram basicamente meus sapatos de todos os dias. Eu não costumava usar jóias, além da pulseira que ganhei no meu aniversário de quinze anos, mas naquele dia tinha colocado um colar longo para complementar. Também nunca tinha tido talento para maquiagem, mas, com o tempo, acabei ficando muito boa. Meus cabelos eram castanhos, lisos, sem qualquer personalidade, mas fáceis de cuidar, o que eu agradecia. Ao sair de casa naquela manhã, tinha me sentido bem. Agora, por algum motivo, sentia-me novamente como uma criança inocente, observando com inveja algo novo que Lorena tinha ganhado.

Sacudi minha cabeça, tentando espantar os pensamentos bobos, e voltei a mesa.

Pelo resto do almoço, eu e Lorena ficamos muito quietas, enquanto os adultos faziam toda a conversa. A comida era boa, então concentrei toda a minha atenção nela, pensando nos meus planos para o dia seguinte, quando meu pai fosse viajar. Lorena focou sua atenção no celular que apitava a cada segundo. Quando estávamos na sobremesa, e eu apreciava o doce de morango gelado derreter lentamente em minha boca, ela levantou-se abruptamente.

- Está na hora, filha? – perguntou Luciano e então encarou meu pai como se pedisse desculpas. – Lorena anda muito ocupada com os ensaios de sua banda.

- Uma banda? – respondeu meu pai rindo. – Também tive essa fase, lembra-se, Luciano?

- Ah, sim, você cismou que queria tocar trompete! – riu ele. - Sua mãe não aguentava mais o barulho!

Lorena sorriu impaciente.

- Não é uma fase. – disse ela. – E eu estou atrasada. Sou a vocalista principal, então não podem começar sem mim. Foi um ótimo almoço, mas realmente tenho que ir. Até mais.

E então ela desapareceu tão abruptamente quanto tinha aparecido. Marcele suspirou ao observar a filha ir embora.

- A banda tem ocupado todo o seu tempo. – murmurou ela. – Mal a vemos. Ela fica o dia todo na garagem ensaiando e a noite sai para tocar.

- Ela ama o que faz, querida, é bom que seja dedicada assim. – disse Luciano, e meu pai concordou. Ele então virou-se para mim. – E você já sabe o que quer fazer, Celina?

- Vou fazer artes visuais. – respondi com firmeza.

- Sua mãe era apaixonada por artes visuais. – Marcele sorriu. – A única paixão maior era o cinema. Lembra-se de quando nós íamos mudar de casa, e ela brigou com o pintor que tínhamos contratado?

- Lembro. – sorri também.

Eu gostava de falar de minha mãe e de ouvir memórias sobre ela. Há algum tempo o assunto deixara de ser triste e tornara-se algo que eu conseguia aproveitar. Suas histórias contribuíam para formar a visão que eu tinha dela, mesmo que pelos olhos dos outros. A Carolina que tinha sido minha mãe parecia a mesma que seus amigos da juventude descreviam, e, ainda assim, as duas eram completamente diferentes. Como filha, tive sempre uma visão distorcida e restrita de quem ela era. Por tanto tempo, enquanto ainda criança, a idealizei como dona da verdade. Mesmo assim, era difícil enxergá-la como uma pessoa, e não como apenas minha mãe. Minha fascinação por ela partia disso: eu parecia conhecê-la tão pouco, enquanto outros a conheciam por inteiro. Sua morte precoce havia intensificado esse sentimento, e eu procurava saber detalhes de quem ela era, como se aquilo a fizesse mais presente. Mergulhei então na descrição de Marcele sobre a Carolina que ela conhecia, que invadia as plantações de videiras, pulava de paraquedas e sonhava em atender a cerimônia do Oscar.

- Você e Lorena não conversaram muito. – comentou meu pai enquanto andávamos de volta para o hotel. Luciano tinha oferecido para nos levar de volta com seu motorista, mas meu pai argumentara que não havia nada mais prazeroso do que andar nas ruas de Santiago no fim da tarde. Tínhamos nos demorado no restaurante, e depois Marcele insistiu em nos mostrar sua nova floricultura. Pelo jeito, sua fonte de dinheiro era o paisagismo para pessoas que estavam dispostas a pagar bastante para terem um jardim da mais alta qualidade.

Agora atravessávamos uma rua cercados de muitas pessoas conversando entre si, provavelmente saindo do trabalho. O céu tinha um tom de azul quase roxo, mesclado com faixas rosas e nuvens muito cinzas.

Voltei-me para o meu pai e suspirei.

- Eu te disse. – respondi. – Estamos brigadas.

Ele bufou, dispensando minhas justificativas.

- E vocês tem o quê, sete anos de idade? – resmungou. - Conversem e resolvam. Consigo ver o bico que está fazendo pra mim, Celina, mas sabe que estou certo.

Voltei meus lábios para um tamanho normal, inconsciente de que eles haviam tomado o formato de um bico digno de criança.

- Não é simples assim. – olhei em volta, procurando descobrir onde estávamos, e aproveitei a oportunidade para mudar de assunto. – Afinal, onde estamos? Tenho quase certeza de que não é perto do hotel.

- Estamos perto, só viemos pelo outro lado. – disse ele. - Luciano me falou de uma loja de queijos aqui perto, quero comprar alguns. Não devemos estar longe...

De fato, poucos minutos depois, chegamos a uma gigante loja especializada em queijos e vinhos. Mesmo vinda de uma família dona de uma vinícola, meu interesse por vinhos ou qualquer outro tipo de comida era limitado a sua ingestão. Então, disse a meu pai que estaria na praça logo em frente. Apesar de afirmar que não demoraria, eu sabia que ele acabaria se perdendo em meio a tantas opções das duas coisas que possivelmente mais amava.

Nesse ponto as luzes dos postes já estavam sendo acesas, e as árvores da praça formavam longas sombras escuras em contraste com o céu. Algumas crianças brincavam no centro, com mochilas penduradas nas costas, os pezinhos minúsculos batendo nas poças d'água e causando mini explosões por todos os lados. Aproximei-me de um banquinho afastado delas, pronta para me sentar, quando ouvi o início de uma música. Corri meus olhos pela praça e vi o vulto de um garoto segurando um violino. Andei até onde ele tocava, observando-o. Ele não parecia perceber que estava sendo observado. Seus olhos estavam fechados, e seus ombros se moviam conforme a música. Os cabelos sem corte caiam no rosto, mas ele não se incomodava em tirá-los de lá.

A melodia não me era estranha, mas, por algum motivo, não consegui identificá-la. Pelo jeito, eu era a única intrigada pelo garoto e sua música. Mais ninguém tinha parado para observar: a maioria das pessoas lançava um olhar familiar, abria um sorriso e seguia seu caminho, sem parar.

- É *Clair de Lune*. – disse o garoto, de repente, ainda tocando, como se tivesse lido meus pensamentos. Seus olhos tinham se aberto e me encaravam curiosamente. – De Debussy.

Senti minhas bochechas esquentarem por ser pega encarando-o.

- Ah. – murmurei estupidamente. – Achei que fosse tocada no piano.

Ele assentiu, finalizando a música. Os sons da cidade preencheram meus ouvidos antes anestesiados pelo violino.

- Originalmente, sim. – disse ele. – Mas, na realidade, qualquer música pode ser incorporada a qualquer instrumento.

- Claro. Obviamente. Digo, obviamente, eu sabia disso. – envergonhada, procurei meus bolsos por alguns trocados que pudesse dar a ele. Encontrei uma nota velha e a estendi. – Aqui. Você é muito talentoso.

Ele encarou a nota por um segundo e depois sorriu.

- Não estou tocando pelo dinheiro. – disse ele. – Apenas pelo reconhecimento. Mas obrigado.

Rapidamente, e sentindo que poderia explodir de vergonha, coloquei a nota de volta no bolso. O garoto começou a tocar uma nova melodia, ainda sorrindo enquanto eu pedia desculpas, acenava e corria de volta para a loja onde meu pai estava. Mal eu havia pisado na loja e já mil queijos me foram apresentados, e eu segui meu pai enquanto ele vagava por entre os corredores de vinhos. Para compensar o tempo gasto na loja, ele me levou para tomar um sorvete. Quando chegamos ao hotel, o céu já era uma vasta escuridão e nuvens escuras eram iluminadas apenas pela luz fraca da lua.

CAPÍTULO 2

Acordei no dia seguinte com o sol que entrava por entre as cortinas finas do quarto. Meu pai havia deixado um bilhete na cômoda, avisando que voltaria em dois dias. Eu estava acostumada a me virar na vizinhança, mas, como já era meio dia, resolvi almoçar no hotel. Passei a maior parte da tarde passando pelos canais na TV e procurando por novas músicas na internet. Quando percebi que começava escurecer, preparei-me para sair do quarto e ir arrumar algo para comer.

Enquanto me trocava, senti o vento quente que entrava pela janela. Decidi, então, ir tomar um sorvete na mesma sorveteria do dia anterior. A possibilidade de explorar sozinha um bairro diferente do usual era um tanto animadora, mesmo que eu fosse medrosa com relação a explorações. O medo de me perder era tanto que eu insistia em acompanhar no Google Maps todos os meus trajetos, mesmo que já tivesse os feito outras vezes. De qualquer maneira, pesquisei o endereço da sorveteria e analisei o caminho. Como parecia relativamente fácil, tentei não me preocupar.

O dia estava, de fato, muito quente. O céu tinha uma cor azulada com poucas nuvens e o vento seco balançava as folhas na copa das árvores. Apesar de achar o inverno e a neve divertidos, o verão sempre havia sido minha estação favorita, especialmente em Santiago.

Cheguei à sorveteria apenas alguns minutos depois, e pedi um sorvete de pistache. Sentei-me em uma das mesas do lado de fora e tirei meu notebook da bolsa. Então, abri todas as páginas já conhecidas dos vestibulares, procurando pelo anúncio dos resultados. Desde o fim das provas, eu havia adquirido o hábito de checar todos os dias. Algumas das faculdades não tinham determinado a data da divulgação dos aprovados, mas outras tinham colocado datas limites. Eu checava todas de qualquer maneira, por garantia. Eu havia feito provas para o curso de Artes Visuais, mesmo que não houvesse certeza quando pensava sobre meu futuro na área. Parecia o certo a fazer. Meu pai dizia não ter preferências com relação ao curso de minha escolha, mas eu sabia que ele gostaria que eu seguisse na mesma área de minha mãe.

Senti a familiar onda de decepção ao verificar que nenhum dos resultados tinha sido divulgado. Suspirei, dando uma lambida no sorvete e observando a praça do outro lado da rua. O garoto do dia anterior estava no mesmo local, tocando seu violino. Resolvi ligar para Lídia e contar sobre meu grande vexame da noite passada.

Lídia era minha melhor amiga, e éramos muito parecidas, mas ela estava numa fase revolucionária e andava fazendo trabalhos voluntários em todas as instituições carentes que conseguisse encontrar. Além disso, participava de clubes de política e literatura. Era realmente proativa, como eu, em alguns de meus melhores dias.

- Lina! – Lídia atendeu o telefone gritando. – Pode me contar tudo sobre Santiago! Espere, é você quem vai pagar essa ligação, não é?

Eu ri. Claro que ela estava preocupada com o dinheiro. Além de muito revolucionária, Lídia era extremamente pão dura.

- Claro. – respondi, ainda sorrindo. – Como vai sua missão de salvar todos os seres vivos do mundo?

- Muito bem, já que perguntou. – disse ela, presunçosa. - Amanhã eu e Bruno vamos vender rifas para arrecadar dinheiro para o Hospital, e na semana que vem temos aquele evento do qual te falei, lembra? O leilão? Bom, estamos esperando arrecadar bastante dinheiro.

- Parece incrível. – eu disse, mas não estava inteiramente concentrada. O céu agora já estava completamente escuro. – Enquanto você salva o mundo, eu continuo passando vergonha por onde vou.

Escutei o som que era definitivamente Lídia dando um tapa na própria testa, um claro sinal de frustração com a minha dificuldade em evitar situações desconfortáveis.

- Não é possível, Celina.- disse ela, mas com um tom de voz divertido. – O que você fez agora?

Contei a ela a história do meu curto encontro com o garoto do violino no dia anterior, escutando seus murmúrios de desaprovação.

- Definitivamente não foi assim que eu imaginei seus encontros com garotos chilenos. – riu ela quando terminei.

Eu ri também, finalizando minha casquinha.

- Na verdade, ele nem parecia chileno. – comentei distraída. – Havia um certo ar de sofisticação europeia, sabe?

- É porque minha mãe era alemã. – ouvi uma voz divertida comentar atrás de mim e me virei abruptamente, dando de cara com o violista.

Senti minhas bochechas enrubescerem e a noite pareceu ficar ainda mais quente apesar do vento fresco. Desliguei o telefone rapidamente, ignorando os protestos de Lídia, e encarei o garoto que tinha puxado uma cadeira e se sentado ao meu lado. Ele não parecia nem um pouco envergonhado, ao contrário de mim. Pediu uma água ao garçom tranquilamente, como se fosse um hábito, e passou as mãos pelos cabelos castanho claro antes de abrir um sorriso malicioso para mim.

- Você fala português. – murmurei estupidamente.

Ele assentiu.

- Meu pai era brasileiro. – ele continuou ao ver minha expressão confusa. – Ele conheceu minha mãe em uma viagem. Mas acho que não é a hora de contar essa história ainda.

- Me desculpe. – falei rapidamente.

- Pelo que? – perguntou, curioso.

Na verdade, não sabia muito bem pelo que eu estava me desculpando. Não é um crime comentar sobre seus encontros com meninos com sua melhor amiga, mas é um tanto embaraçoso quando o tal menino presencia a cena.

- Por você ter escutado aquilo. – respondi simplesmente.

- Talvez eu devesse me desculpar por escutar as conversas alheias. – comentou.

Suspirei e balancei a cabeça. Um silêncio estranho se instalou quando o garçom chegou com sua água e uma sensação ruim invadiu meu estômago enquanto eu pensava no que devia fazer em seguida. Sair da mesa seria um tanto rude, mas qualquer outra ação parecia inapropriada. O garoto bebia sua água tranquilamente enquanto eu limpava sujeiras invisíveis na mesa com um guardanapo. Normalmente, as pessoas percebem quando uma situação desconfortável está acontecendo. Elas são fáceis de notar. Momentos de silêncios constrangedores são os momentos menos silenciosos do mundo.

- Qual é seu nome? – ele falou tão abruptamente que eu pulei na cadeira.

- Celina. – murmurei, por força do hábito. Se Lídia estivesse aqui ela me repreenderia por dar informações a um completo estranho. Só o fato de eu permanecer na mesa já a deixaria nervosa.

- Nicolas. – disse ele.

Nesse momento, meu celular tocou e eu o peguei na bolsa. Era meu pai, querendo saber se eu estava bem. Por algum motivo, parecia errado manter a conversa por tempo demais enquanto Nicolas estava ali, bebendo sua água, claramente me esperando desligar. Assegurei meu pai de que estava bem e tinha comido, e então apertei o botão vermelho.

- *Famy*? – Nicolas perguntou no mesmo segundo.

Franzi as sobrancelhas, confusa com sua pergunta sem sentido.

- A música do toque do seu celular. É *Ava*, não é? *Famy*? – esclareceu.

Não pude evitar arregalar os olhos.

- Sim, isso mesmo. – respondi. - Você conhece?

Ele assentiu com um sorriso, parecendo feliz com o desenvolvimento da conversa.

-Claro. Eles são muito bons.

Ele escuta música boa, pensei. *Não pode ser tão perigoso. Aposto que estupradores e sequestradores não têm tempo pra desenvolver um gosto musical bom.* Resolvi que era melhor ir embora, apesar do meu interesse em continuar a conversa. Não pude deixar de me identificar com esse garoto que gostava da mesma música que eu. Não existe um motivo concreto pelo qual as pessoas gostam das músicas que gostam. Mesmo assim, sempre que eu encontrava alguém que dividia meu gosto não podia deixar de sentir que talvez esse alguém me entendesse e talvez nós tivéssemos uma conexão inconsciente e inexplicável simplesmente pelas melodias que escutávamos. Talvez, se eu fosse um pouco menos racional, resolvesse ficar. Como não sou, peguei minha bolsa e comecei a me levantar, mas Nicolas parecia não entender que eu estava prestes a ir embora.

- Sei de um lugar em que eles sempre tocam músicas desse estilo. – comentou ele. – Na verdade, é perto daqui.

Acenei com a cabeça, olhando ao redor e tentando achar uma maneira de sair educadamente.

- Legal. – respondi, colocando uma mecha de cabelo atrás da orelha. – Mas eu tenho que ir agora.

Um sorriso divertido estampou seu rosto. Seus olhos eram tão verdes que chegavam a brilhar. Dava pra ver claramente sua descendência alemã agora.

- Vou te passar o endereço do bar. – disse ele com as sobrancelhas arqueadas. - Você pode ir lá sozinha, se quiser.

Ele pediu uma caneta ao garçom e escreveu o endereço em um guardanapo, depois me entregou e se levantou. Seu violino estava pendurado nas costas. Ele colocou as mãos nos bolsos despreocupadamente, como se nada no mundo pudesse tirar sua calma.

- Foi um prazer, Celina. – disse ele, ainda sorrindo, e então começou a se afastar.

- Tchau. – murmurei enquanto o observava atravessar a rua em meio a mil outras pessoas.

Suspirei e levantei os olhos para o céu estrelado acima de mim. Então, peguei o celular e digitei o endereço do guardanapo no Google Maps. Era realmente perto, apenas alguns minutos, e eu sempre andava mais rápido que o Google de qualquer jeito. Ponderei a possibilidade de voltar para o hotel e assistir a um filme na TV, cercada de sorvete e com o ar condicionado ligado no máximo. Com certeza, essa era a coisa responsável a fazer. Mesmo assim, suspirei novamente e comecei a seguir o caminho no mapa.

CAPÍTULO 3

As ruas estavam realmente cheias de turistas perdidos ou exploradores. Apesar do vento, o ar estava pesado e abafado e eu podia sentir as gotas de suor acumulando-se em minha testa. Alguns minutos mais tarde, cheguei em frente a um portinha de madeira pequena e avermelhada com luzes fortes aparecendo nas frestas. Em cima, numa tinta preta e velha, havia uma placa com o que eu presumi ser o nome do lugar: *Reggie's*. Bati hesitantemente na porta, que se abriu. Uma escada gigante se estendia, forrada de um carpete estranho e de aparência suja. O odor do lugar também não era muito agradável, assemelhando-se ao de um porão que não era limpo há um bom tempo. Encarei a escada que subia até outra porta aberta.

- Olá? – chamei. Quando não houve resposta, comecei a subir.

Lá em cima, dei de cara com um terraço aberto onde havia muitas mesas baixas de madeira escura e sofás coloridos. O lugar era bem maior do que eu imaginara. Consegui enxergar um pequeno palco e um balcão bem ao fundo, na parte coberta do terraço. Uma banda parecia se preparar pra tocar e, apesar de ser cedo, já havia algumas pessoas sentadas nos sofás segurando largos copos de bebida. Sentindo-me um pouco deslocada, fui procurar um banheiro.

Encontrei pelo menos cinco mulheres apertadas no banheiro, lutando por uma olhada no espelho. Eram todas muito bonitas, altas e com maquiagens bem elaboradas. Quando foram embora, observei meu reflexo enquanto ajeitava o cabelo e procurava um batom na bolsa, mas só o que encontrei foi um gloss clarinho e quase no fim. Puxei minha saia tentando fazer com ela parecesse menos amassada. Quando a vesti, naquele dia mais cedo, imaginei que ninguém notaria suas dobras por ter ficado enrolada na mala. Agora, sobre a luz ofuscante do banheiro, percebi que era bem mais notável do que eu pensara. Mesmo assim, suspirei e abri um sorriso confiante para o próprio reflexo antes de sair.

Mais pessoas haviam chegado ao terraço e eu lutei por espaço entre elas enquanto tentava chegar ao balcão para pegar uma bebida. Uma mulher jovem sorriu largamente pra mim e me entregou uma lata de cerveja, sem nem mesmo pedir minha identidade. Agradeci rapidamente antes que ela mudasse de ideia e me sentei em um dos únicos sofás ainda vagos, afastado do palco, esperando a banda começar a tocar. Apertei com força a latinha em minhas mãos, sentindo o gelo nas pontas dos dedos enquanto observava as pessoas falantes ao meu redor. Então, voltei minha atenção para os integrantes que haviam subido e se posicionado no escuro. Quando um grande holofote foi aceso, iluminando os rostos no palco, reconheci apenas um: Nicolas. Ele segurava seu violino enquanto esboçava um sorriso discreto, esperado sua hora de tocar. Além dele, havia mais duas meninas, responsáveis pela bateria e pelo violoncelo e um garoto, no teclado. Por um momento, fiquei confusa sobre como o som do violino de Nicolas se encaixaria. Então, eles começaram a tocar. Era *Wake Me Up*, do *Aviccii*. O violino não só se encaixava perfeitamente, como era o instrumento que guiava todos os outros. A versão era um tanto diferente da original, parecendo-se algo inteiramente novo, reconhecível apenas pelo refrão. O som se espalhou por todo terraço e eu tinha certeza que a cidade inteira conseguiria ouvir.

Olhando para o céu, parecia que estavávamos em um universo diferente. O momento congelou-se enquanto eu observava as pessoas ao meu redor, o sorriso em seus rostos, as cabeças balançando no rítmo da música e então a agitação da banda que comandava todo o bar como se fôssemos todos parte de uma grande orquestra. Pensei em dançar, mas não conseguiria, sentindo-me envolvida demais com a movimentação no palco. Em vez disso, suspirei profundamente, sentindo o vento fresco me atingir em perfeita sincronia com a música. A garota no violoncelo tinha cabelos com as pontas muito azuis e que chicoteavam de um lado para o outro com o movimento de sua cabeça. Seus olhos estavam fechados, mas abriram-se subitamente quando chegaram ao clímax da música e todos os membros da banda se entreolharam. Nicolas soltou uma risada e então seus olhos encontraram os meus. Ele piscou com um dos olhos e pulou do palco, passando por entre os sofás, dançando com pessoas aleatórias e saltando em mesas vazias. Quando chegou ao fim da música, ele estava na minha frente, encarando-me ofegante e com as sobrancelhas erguidas enquanto as pessoas aplaudiam.

- Celina. – suspirou ele curvando a cabeça. – Não achei que viria.

- Não achei que você estaria aqui. – gritei por cima dos aplausos.

Ele riu e passou a mão livre pelos cabelos molhados de suor.

- Teria vindo se soubesse que eu estaria? – questionou.

Dei de ombros, mas sorri. Não tinha pensando na possibilidade de ele estar aqui quando resolvi vir. Seu comentário sobre o lugar tinha parecido um convite, mas não parei para pensar que talvez ele já planejasse vir mesmo antes de me encontrar.

- Vamos tocar mais algumas músicas, mas não deve demorar. – disse ele. Assenti, entendendo sua fala como um convite para esperá-lo.

Eu nunca tinha sido fã de músicas instrumentais. Sempre achei que o vocal era essencial para uma música boa e completa. Sentia que eram as vozes que passavam a emoção, que faziam da música mais que um conjunto de notas. Observando a banda tocar, porém, percebi o quanto estava errada, seja pelas músicas ou pela atmosfera do lugar. Todos os presentes, músicos e plateia pareciam sincronizados. Em nenhum momento senti falta das palavras. O silêncio foi preenchido unicamente pelos instrumentos e era suficiente, era *melhor*. Era mais emocionante que qualquer coisa que eu já tivesse ouvido.

Ao fim da última música, Nicolas e os outros desceram do palco em meio a uma chuva de aplausos e foram para o balcão enquanto a próxima banda se preparava para começar. Espremendo-me entre muitas pessoas, consegui chegar até eles.

- Celina. – repetiu Nicolas ao me ver, uma das mãos segurando o violino e a outra uma grande caneca de bebida.

-Nicolas. – murmurei, encantada. – Isso foi incrível.

Ele sorriu e curvou a cabeça.

- Nick. – corrigiu ele. – E obrigado. Benjamim, essa é Celina.

O garoto do teclado virou-se para mim com um grande sorriso, seus imensos olhos escuros brilhando. Ele parecia mais novo que os outros, com seus cabelos lisos sem corte caindo sobre o rosto.

- É um prazer, Celina. – ele estendeu sua mão livre e eu a segurei. – É sua primeira vez aqui? – perguntou, e eu assenti.

Então, duas garotas chegaram batendo os saltos altos no chão. Reconheci imediatamente a de cabelo muito azul e olhos elétricos que tocava o violoncelo. A outra, negra e baixinha mesmo com o salto, devia ser a baterista.

- Está lotado! Esse tem que ser o maior público para o qual já tocamos! – exclamou a de cabelo azul, sorrindo com os lábios pintados de um forte batom vermelho. Então, me encarou, as sobrancelhas arqueadas. – Quem é essa?

- Essa é Celina. – respondeu Nick. – Celina, essas são Valentina e Sofia.

Sofia, a negra, acenou timidamente e com um sorriso gentil enquanto Valentina tomava um longo gole de cerveja do copo que tinha roubado de Benjamim.

- E de onde ela surgiu? – murmurou, ignorando os protestos de Benjamim ao vê-la tomar outro gole. – Achei que não falássemos com as groupies.

Senti meu rosto corar e encarei o chão por um momento, esperando que ninguém notasse a vermelhidão de minhas bochechas.

- Ela é amiga do Nick. – disse Benjamim, tentando pegar seu copo. – Não seja má. E esse copo é meu.

- Você é menor de idade, Benjamim. – exclamou ela. - Um bebê.

O menino suspirou e fechou a cara pra ela, encarando-a com as sobrancelhas franzidas e os lábios apertados.

- Só por mais dois anos! – resmungou.

Enquanto ele se afastava, Sofia revirou os olhos e apressou-se para segui-lo, como se esse diálogo fosse frequente.

- Ele é bem maduro pra idade dele. – comentou Nick, virando-se para Valentina. – Você sabe disso.

Ela deu de ombros, dispensando-o.

- Então, onde conheceu Nick? – perguntou ela pra mim.

- Na verdade, não nos conhecemos muito bem. – murmurei.

Nick sorriu e concordou.

- Conversamos por sólidos cinco minutos. – confessou ele. – Celina é brasileira, certo?

- Sim. – respondi. – Meu pai trabalha em uma vinícola aqui perto. Estamos em Santiago quase todos os verões.

Ela arqueou as sobrancelhas e assentiu.

- Bom, isso explica seu espanhol quase perfeito. –disse.

- Tive muita prática. – expliquei.

Um silêncio estranho se instalou novamente enquanto todos fingiam prestar atenção na nova banda que tinha começado a tocar. Eles não tinham a mesma energia da banda anterior, e as músicas não eram tão contagiantes. Mesmo assim, pareciam animados de estarem no palco. Dei uma olhada na plateia e encontrei Benjamim e Sofia dançando no meio de todos, com os corpos muito próximos, a pele muito escura da garota contrastando com a palidez de Ben.

- Eles estão juntos? – perguntei, incapaz de conter a curiosidade.

Valentina assentiu e suspirou, afastando os cachos azuis que caiam sobre os olhos.

- É deprimente que a vida amorosa do meu irmão caçula seja muito mais interessante que a minha. – murmurou ela, e então se virou, entrando no meio da multidão.

Encarei o casal na pista de dança novamente, observando o quanto Benjamim não parecia com Valentina. Seus cabelos eram bem mais lisos e brilhantes que o da irmã e os traços muito mais delicados se comparados aos lábios cheios, cílios compridos e contornos da bochecha bem acentuados de Valentina.

- Ele é adotado. – ouvi a voz de Nick responder atrás de mim, como se tivesse lido meus pensamentos.

Balancei a cabeça e me virei para encará-lo. Por um momento, tinha esquecido que ele estava ali e que eu estava ali por causa dele.

- Seu pai não vai se importar de você deixá-lo sozinho? – perguntou ele.

Revirei meus olhos e sorri.

- Meu pai nem está na cidade. – falei, ouvindo a voz de Lídia me repreendendo por dar esse tipo de informação. – Ele costuma me esquecer quando está trabalhando.

Ele concordou, como se entendesse a situação.

- E sua mãe? – indagou.

Suspirei e desviei os olhos para o palco. Uma música lenta tinha começado, iniciada por um solo da garota no teclado, que então foi acompanhado pelo dedilhado do garoto no violão. Uma mulher mais velha aproximou-se do microfone no centro do palco e começou a cantar, mas, quando não reconheci a letra, imaginei que fosse uma música original.

- Minha mãe morreu há dois anos. – expliquei, o olhar fixo no teto do palco. – Somos só eu e meu pai.

- Sinto muito. – respondeu ele com a voz suave.

- Já faz tempo.- murmurei, dando de ombros, e tentei mudar de assunto. – Esse lugar é incrível. Nunca vi nada igual.

- É bem alternativo. – concordou Nick. – Demorou um pouco para que as pessoas certas encontrassem, mas agora temos um público constante.

- Vocês parecem fazer sucesso. – apontei.

Ele sorriu e ergueu as sobrancelhas.

- Acho que podemos chamar de um sucesso local e bem restrito.

- Mas vocês têm talento. – insisti. - Com certeza podem conseguir boas oportunidades.

Ele assentiu, mas seus olhos ficaram perdidos na multidão. Em meio a muitas cabeças, localizei os cabelos azuis de Valentina sendo jogados de um lado para o outro enquanto ela dançava com uma garota loira. Diferente da maioria dos lugares que eu costumava ir, poucas pessoas estavam em pé ou dançando, como elas. A maior parte continuava sentada em seus sofás, conversando, comendo, ou só observando.

- Esse lugar é bom para ter oportunidades. – falou Nick. – Muitos empresários costumam vir em busca de novas bandas.

Eu o encarei, esperando que ele continuasse.

- Ninguém demonstrou interesse em vocês? – perguntei, sabendo que não devia ser o caso.

Ele balançou a cabeça.

- Muitos tiveram interesse. – admitiu. - Mas o momento é ruim. Benjamim ainda é muito novo, ainda está na escola. Ele tem outros interesses. Sofia já foi cogitada para uma carreira solo. Valentina está na faculdade de medicina e sei que ela não gostaria de sair de Santiago.

- E você? – perguntei.

Ele sorriu e tomou um longo gole da bebida em sua mão.

- A banda não é exatamente o meu sonho. – explicou.

Franzi as sobrancelhas. Pela maneira como ele tocava, o violino parecia, sim, seu sonho, aquilo pelo qual era apaixonado. Achei ter visto nele aquele brilho raro de alguém que já sabe o que quer, mesmo que ainda não tenha chegado lá.

- Então o que é? – perguntei, sabendo que estava me intrometendo, mas não conseguindo deixar de lado a curiosidade.

Nick suspirou e pousou seu copo vazio no balcão.

- Musicais. – disse ele, com convicção. – Grandes musicais, como os da Broadway. O Fantasma da Ópera, Chicago, Os Miseráveis...

Sorri, surpresa.

- Seu sonho é tocar em musicais? – perguntei.

Ele assentiu e apoiou as costas no balcão. Seu rosto parecia um pouco vermelho, e sua postura, envergonhada.

- Estranho, eu sei. – respondeu. - Acho que não escolhemos nossos sonhos.

- Seria mais fácil se pudéssemos escolher. – concordei. – Mas não é estranho. É bem mais... interessante que a maioria dos sonhos.

- E você? – perguntou ele subitamente.

- Eu?

- Sim. – ele sorriu. – Qual o seu sonho?

Franzi a testa, pensativa.

- Acho que nunca pensei sobre isso. – murmurei dando de ombros.

Ele abriu os braços e arqueou as sobrancelhas.

- Vamos lá, Celina – exclamou. - Todo mundo pensa sobre isso.

Suspirei e o encarei, refletindo. Eu entendia que a maioria das pessoas tinha sonhos espetaculares e idealizados. Sabia que fazia parte de ser humano, idealizar. Diferentemente da maioria, eu era muito pé no chão. Não tinha muito planejado para o futuro, a não ser a faculdade. Surpreendentemente, ainda não tinha parado para pensar no que vinha depois. Talvez fosse um pouco triste admitir que não havia nada pelo qual eu era realmente apaixonada.

- Quero ir para a faculdade. – respondi, por fim.

- Certo. – disse Nick. – Conte mais. Faculdade de quê?

- Artes visuais.

Ele franziu as sobrancelhas, mas assentiu enquanto pedia outra bebida no balcão.

- O que? – perguntei, vendo sua expressão estranha.

Ele sacudiu a cabeça e bebeu um longo gole de seu novo copo cheio.

- Nada. – disse ele. – Só não achei que você seria das artes. Não parece combinar com a impressão que tive de você.

Bufei e me virei para o palco, cruzando os braços. Senti uma frustração imediata começar a borbulhar no peito, demonstrando toda a minha irritação com os questionamentos alheios acerca de minhas decisões.

- É, mas você não me conhece. – falei, friamente.

- Ei. – disse ele, encostando os dedos no meu braço. – Desculpe. Você tem razão, eu não te conheço. Você já sabe qual área quer seguir?

- Tudo bem. – suspirei, sentindo os ar entrando em meus pulmões e dissolvendo minha irrtação. – Não, ainda não decidi.

Ele sorriu.

- Tenho um amigo que trabalha com pinturas. Ele vai fazer uma exposição essa semana. – comentou. - Se quiser, posso te levar. Não sei, pode ser que acabe te inspirando.

- Pode ser. – concordei, por um momento deixando de lado a racionalidade e a preocupação com as consequências.

- Me empresta seu celular. – pediu, estendendo a mão livre.

Enquanto trocávamos nossos números, Valentina chegou, exasperada, dizendo algo sobre ter esquecido que tinha uma prova no dia seguinte. Rapidamente, ela encontrou Benjamim e Sofia no meio da multidão e arrastou-os escada a baixo, seguida por mim e Nick. A rua estava praticamente deserta, com apenas a música do bar preenchendo o silêncio. Ajudei a banda a levar o equipamento e os instrumentos para uma kombi amarela estacionada no quarteirão seguinte. Então, Nick insistiu em me dar uma carona e Valentina bufou para que eu entrasse rápido no carro. Antes mesmo de eu me ajeitar no banco ela já tinha dado partida, e, poucos minutos mais tarde, chegamos ao hotel. Acenei até que a kombi fosse só um pontinho amarelo na escuridão. A recepcionista sorriu e me deu boa noite enquanto eu entrava no elevador, para então chegar ao quarto e desmoronar na cama.

CAPÍTULO 4

Quando acordei na manhã seguinte, por alguns segundos, flutuei naquele espaço entre o dormir e acordar, sem me lembrar plenamente dos eventos da noite passada. Pisquei atordoada com a luz forte que entrava pela janela e suspirei ao checar meu celular. Havia muitas ligações perdidas de meu pai e algumas mensagens de Lídia, exigindo uma explicação por ter desligado o telefone ontem. Resolvi que ligaria para ela mais tarde e decidi tomar um banho para tentar tirar a sensação estranha de sono excessivo de meu corpo.

No caminho do banheiro, liguei para o meu pai. Sabia que ele devia estar preocupado com meu sumiço na noite anterior e já era quase meio dia. O telefone tocou apenas uma vez antes de ele atender com um suspiro.

- Celina. – disse ele. – Onde você estava? Por que não atendeu minhas ligações?

- Desculpe. – murmurei. – Dormi cedo ontem e acabei de acordar.

Não consegui saber ao certo porque estava mentindo para ele. Apesar das brigas constantes, eu e meu pai sempre tínhamos sido próximos e eu nunca tinha tido que esconder nada dele. Por algum motivo, queria manter a saída de ontem apenas para mim mesma, pelo menos por enquanto. Sentia que talvez ele desaprovasse eu sair sozinha. Ele provavelmente sugeriria que eu convidasse Lorena ou ele mesmo me acompanharia, e não era exatamente o que eu planejava. Não que eu estivesse planejando muito mais, mas Nick tinha me convidado para a tal exposição.

- Bom, tenho ótimas notícias! – continuou ele, alegremente. – Consegui uma entrevista com um dos coordenadores do curso de Artes Visuais na Universidade. O prazo de inscrição acabou há algumas semanas, mas ele resolveu abrir uma exceção.

Encarei meu reflexo no espelho e senti um sorriso se espalhar por meus lábios. A Universidade do Chile era onde meu pai tinha estudado. Com certeza ele ficaria imensamente satisfeito se eu conseguisse entrar, e eu não reclamaria de poder morar em Santiago.

- Que ótimo, pai. – respondi suspirando. – Quando é a entrevista?

- O único horário disponível é amanhã às seis da tarde. - a animação era um tanto palpável em sua fala. - Voltarei por volta das quatro, então, fique pronta!

- Estarei. – respondi e então desliguei o celular.

Por sorte eu havia levado meus portfólios de arte na viagem, esperando ter tempo de terminar desenhos inacabados. Algumas faculdades os exigiam para a classificação da segunda fase ou apenas para nivelamento. De qualquer maneira, com certeza levá-lo na entrevista aumentaria minhas chances de aceitação. Assim, passei o resto do dia esfumando e colorindo, fazendo intervalos apenas para assistir episódios de How I Met Your Mother.

No final da tarde, recebi uma mensagem de Nick informando que a exposição seria no dia seguinte a partir das seis horas. Encarei surpresa a tela do celular antes de responder. Por algum motivo, achei que fosse apenas um convite vazio. Com certeza ele tinha algo melhor para fazer do que levar uma garota aleatória à uma exposição de arte tediosa. Mesmo assim, respondi que estaria lá, talvez um pouco atrasada por causa de minha entrevista. Aproveitei que estava com o celular em mãos e tentei falar com Lídia, mas ela não atendeu, e então me lembrei que ela ia vender rifas com Bruno. Suspirei, sabendo que quando voltasse da viagem teria que preencher o lugar dele nos deveres de caridade.

No dia seguinte, peguei um táxi para a universidade, onde encontraria meu pai. Ele me esperava em frente o prédio alto e claro da faculdade, os olhos brilhando de animação enquanto me cumprimentava e me arrastava pelos ombros lembrando-se do tempo que estudava. Atravessamos os longos corredores sendo observados pelos alunos com suas mochilas e grandes pastas de trabalhos nas mãos. Tentei me imaginar como um deles, estudando em um ambiente diferente do Ensino Médio. Eu tinha mudado de escola no segundo ano, então não tinha muito apego ou nostalgia com a escola ou com os colegas. Lídia e Bruno eram os únicos amigos da antiga escola com quem eu ainda conversava e era deles que eu sentiria falta. Fora isso, a perspectiva de faculdade e uma nova cidade, faziam meu estômago se revirar de nervosismo e ansiedade, de uma estranha e positiva maneira. *Liberdade,* pensei, *liberdade para ser quem e o que eu quiser.* Quase como um recomeço.

Encontramos a sala do coordenador do curso, Márcio González, em alguns minutos, e ele nos atendeu imediatamente, cumprimentando meu pai com energia. Pelo jeito eles tinham estudado juntos quando mais novos. Meu pai ficou esperando do lado de fora enquanto eu entrava no enorme escritório. O lugar era claro e muito arejado, com móveis pretos e brilhantes, e um enorme tapete verde. O coordenador se sentou numa poltrona grande atrás da mesa, e me indicou uma das cadeiras de metal. Sentei-me ereta e desconfortável, a bolsa e o portfólio no colo.

- Então, Celina. – disse ele, sorrindo. Ele não parecia uma figura de autoridade, mas sim alguém com quem se conversa normamalmente, sem grandes receios. Mesmo assim, sabendo que estava sendo avaliada, tentei vê-lo como alguém que poderia me dar tudo o que eu queria, ou me deixar completamente de mãos vazias. – Você se interessa pelo curso de Artes Visuais.

Sorri, confiante.

- Sim. – respondi. – Acho que a arte sempre foi algo muito presente em minha vida e é impossível negar a influência que ela teve em mim.

Ele assentiu.

- E você diria que preenche a maior parte de seu tempo livre com arte? – perguntou.

- Claro, como eu disse, é algo muito presente. Sempre assisto muito dos filmes de minha mãe. – sorri. – Ela era uma artista amadora. Com certeza é uma grande inspiração. Fora isso, livros e exposições de arte sempre foram grandes alvos no meu interesse.

- Entendo. Levamos em grande consideração a paixão de nossos alunos, Celina, o desejo por inovar e se aprofundar em algo pelo qual eles tem grande apego. Pra você, a arte seria uma grande paixão?

Ignorei todos as dúvidas que haviam sido implantadas em minha cabeça, focando-me apenas em mim antes de sorrir novamente e assentir.

- Sim. – respondi. - Definitivamente.

Ele suspirou.

- Ótimo. – disse ele. – Seu pai disse que você trouxe um portfólio?

- Sim, venho trabalhando nele já há algum tempo.

Entreguei a ele meu portfólio e encarei a folhagem na janela enquanto ele analisava meus desenhos e pinturas. Eu tinha feito diversos tipos de trabalhos, com diferentes técnicas, pra que ficasse claro que eu tinha um leque grande de conhecimento da área.

- É realmente impressionante. – murmurou ele. – Você já fez algum tipo de aula?

- Sim, fiz algumas aulas preparatórias no último ano.

- Notei uma grande diversidade de técnicas. – disse ele e eu assenti satisfeita. – Mas onde você se vê, profissionalmente, em alguns anos?

Respirei fundo e balancei a cabeça.

- Bom, ainda não decidi a área em que quero me aprofundar. – admiti. - Então, acho que gostaria de ter um conhecimento abrangente de todas as áreas, para então me aprofundar no que me parecer mais aproveitável. O mercado das artes é um tanto incerto e competitivo, então com certeza seria bom ter contato com pessoas influentes. Acho que esse seria um dos grandes motivos pelo qual seria tão impressionante e oportuno estudar aqui. Não há como negar o nome da faculdade e os profissionais com os quais eu poderia ter contato se estudasse aqui.

- De fato, são fatores importantes. Mas – disse ele. – qual seria o seu grande objetivo na área?

Encarei os olhos muito azuis do coordenador com a boca semi aberta.

- Bom, - murmurei. – Como o senhor de fato sabe, a arte é um grande meio de comunicação. Então, imagino que meu grande objetivo seria comunicar ao máximo minhas ideias através desse meio.

- Como em agências de comunicação visual? – sugeriu ele.

Suspirei e sorri novamente.

- Sim. – respondi. – Sim, agências de comunicação.

- Entendo. Celina, - disse ele, me encarando com seriedade. – o que eu procuro são alunos com diferenciais. Alunos que sabem quem são e estão dispostos a explorar esses diferenciais com a universidade. Qual você diria ser o seu diferencial?

Hesitei por apenas um segundo antes de responder.

- Acredito que me destacaria por estar aberta a aprender. E entendo que esse é um pré-requisito e não um bônus, mas, senhor, realmente estou disposta a absorver ao máximo tudo que os professores e profissionais têm a oferecer. Não tenho medo dos desafios da área. Enquanto a maioria dos alunos é muito focada em certas áreas e nos próprios interesses, eu poderia me moldar para me encaixar em diversos moldes e diversas áreas. Então, acho que posso dizer que meu grande diferencial seria a maleabilidade.

Ele assentiu e sorriu discretamente. Então, levantou-se e contornou a mesa, estendendo a mão e me conduzindo para fora da sala, onde meu pai esperava ansioso.

- Foi um prazer conhecê-la, Celina. – disse ele e dirigiu-se ao meu pai. – Podemos conversar por um minuto, Lorenzo?

- Mas é claro. - meu pai falou com entusiasmo. – Espere um pouco, Cel, não deve demorar.

Sentei pacientemente na sala vazia, apenas os barulhos distantes das conversas no corredor preenchendo o silêncio. Apesar de nenhuma das universidades brasileiras ter exigido entrevistas presenciais, pensei que tinha me saído bem. Eu realmente tinha um grande conhecimento da área e muita técnica, o que falta na maioria das pessoas.

Meu pai e Márcio saíram da sala em silêncio. Eles se despediram rapidamente e o coordenador se virou para mim:

- Espero vê-la novamente logo, Celina. – e entrou de volta na sala antes que eu pudesse responder.

Virei para o meu pai, sorrindo, mas ele não retribuiu meu sorriso. Em vez disso, suspirou e me empurrou levemente para fora da sala, as mãos pousando em meus ombros.

- O que foi, pai? – perguntei. – O que vocês conversaram?

- Cel. – disse ele. – Você não foi aceita.

Empaquei no meio do corredor. O fluxo de pessoas continuava, mas eu estava parada, encarando meu pai e ouvindo as reclamações distantes das pessoas atrás de mim. Ele me olhava de volta, os lábios comprimidos e as mãos nos bolsos.

- O que? – murmurei.

Não achei que a aceitação fosse certa, mas também não imaginei que o resultado sairia tão rápido. Ou que a rejeição fosse decidida em menos de cinco minutos.

- O que aconteceu? – perguntei, sentindo um peso no estômago e um nó na garganta. Engoli em seco. – O que eu fiz de errado?

Meu pai se aproximou, balançando a cabeça.

- Márcio acha que você ainda não sabe quem é. – respondeu ele. – E que você não demonstra paixão alguma pela área.

- O que? – repeti, incrédula. – Eu deixei claro que era minha *única* paixão. Ele viu meu portfólio. Falou que eu tinha técnica.

- Sim. Muita técnica e pouca objetividade. Celina, escute...

- Como ele pode dizer que não tenho objetivo? – exclamei, sentindo as lágrimas quentes chegando aos olhos. – Só porque não decidi uma área? Isso quer dizer que me interesso por muitas áreas!

- Sim, Celina, eu entendo, mas talvez ele tenha razão... – ele tentou segurar meus braços, mas eu me afastei, respirando fundo.

- Uma conversa de cinco minutos. – sussurrei para ele. – Como ele pode decidir o futuro de alguém em cinco minutos?

A maioria dos alunos já estava nas salas de aula. Apenas alguns se escoravam na parede, observando e sussurrando. Sentindo-me exposta, corri para fora do edifício, descendo as escadas e parando no passeio. Já eram quase seis e meia e o céu começava a adquirir uma cor transitória de azul, rosa e laranja. Respirei fundo, tentando me acalmar, quando meu pai chegou e colocou as mãos nos meus ombros.

- Cel. Talvez ele tenha razão. – murmurou ele, fazendo-me encará-lo. – Me escute. Você nunca teve certeza do que queria. Ele sugeriu que você tirasse um ano para se descobrir e quem sabe tentar novamente no ano que vem.

- Eu não preciso de um ano pra pensar, pai. – reclamei, soltando-me de seus braços. – Preciso entrar em uma faculdade e começar a viver.

- Mas você não sabe como quer viver, Celina! – gritou ele enquanto eu me afastava, procurando o ponto de táxi mais próximo. – Aonde você vai?

Bati no vidro do carro para chamar a atenção de um motorista distraído e abri a porta.

- Vou a uma exposição de arte, pai. Com Lorena. – menti. – Te encontro no hotel.

Entrei no táxi, fechando a porta rapidamente, já murmurando o endereço que Nick tinha me passado para o motorista. Suspirei com os olhos fechados, sentindo o chacoalhar do carro. Uma onda de decepção me atingiu como um soco no estômago e eu abri o vidro, esperando que o vento diminuísse meu enjoo repentino. Vi a tela do celular brilhar no meu colo, anunciando uma chamada de meu pai, mas ignorei. Não havia nada que eu gostaria de falar para ele agora, e ele provavelmente estaria furioso de eu ter feito uma de minhas saídas exasperadas. De qualquer maneira, pouco me importava no momento. Apeguei-me ao fato de que não teria que vê-lo por algumas horas, esperando estar mais calma quando de fato tivéssemos que conversar e torcendo em vão para que ele deixasse essa briga passar.

CAPÍTULO 5

Mandei uma mensagem para Nick quando cheguei à frente de uma casa rosa de aparência antiga. Não havia muro, e o jardim era vazio, com a grama mal cortada e cheio de ervas daninhas. O som de risos e conversas se misturava com os sons da cidade. Nick apareceu poucos minutos depois sorrindo abertamente. Ele parecia diferente do que eu me lembrava, usando jeans claros e uma camisa xadrez que fazia seus olhos parecerem especialmente verdes, com os contornos acentuados da bochecha se destacando ainda mais com as luzes dos postes da rua. Apesar do mau humor, abri um sorriso quando ele se aproximou.

- Celina. – disse ele como cumprimento, guiando-me para dentro da casa. – Achei que chegaria mais tarde.

- Meu compromisso demorou menos que o esperado. – murmurei.

O interior da casa estava um tanto colorido por luzes azuis e roxas e cheio de pessoas jovens conversando de maneira entusiástica, apontando para as fotografias na parede. Estavam todas penduradas por barbantes finos, e eu temi que elas fossem cair no chão e se despedaçar. Mesmo assim, observei a mistura de tons e as paisagens estonteantes que foram retratas, perguntando-me onde elas teriam sido tiradas. No cômodo seguinte, uma dúzia de pessoas estava sentada no chão em almofadas coloridas enquanto um jovem declamava o que parecia uma poesia, em cima de um banquinho, seu rosto retorcido em uma expressão dramática. Paramos apenas por alguns segundos, em que eu o vi cair no chão no fim da performance, sendo aplaudido pela plateia, alguns com lágrimas nos olhos.

- Por aqui. – disse Nick, cutucando-me no ombro.

Atravessamos uma porta de vidro que abria-se para um quintal. As pinturas estavam espalhadas por todo o jardim: em cima da fonte, penduradas nas árvores, pregadas no muro. Eram elas a única parte colorida do local, destacando-se em meio a vegetação escura e mal iluminada e o muro acinzentado. Havia ainda algumas mesas brancas de plástico no canto direito, onde pessoas tinham se sentado com comidas e bebidas.

- Aquele é Julian. – apontou Nick. – Todas as pinturas são dele.

Julian parecia ter pouco mais de vinte anos, com os longos cabelos cacheados presos em um coque alto no topo da cabeça e os óculos redondos pendendo na ponta do fino nariz. Ele usava uma camisa azul com as mangas dobradas até os cotovelos e os jeans largos demais. Abriu um sorriso que ia de orelha a orelha enquanto se aproximava e abraçava Nick pelos ombros.

- Nicolas! – exclamou alegremente. – É uma surpresa vê-lo. Achei que estava ocupado demais com a banda para se lembrar dos amigos.

- Claro que não, Julian. Trouxe até uma convidada. – disse Nick. – Essa é Celina. Ela pretende entrar no mundo das artes também.

Julian pegou minha mão e a chacoalhou animadamente.

- É um prazer, Celina. – ainda me segurando pela mão, Julian me puxou em direção aos fundos do jardim. – Venha, vou te mostrar o significado por trás dessas pinceladas insignificantes.

Lancei um olhar apreensivo para Nicolas, que apenas franziu os lábios e piscou para mim, apontando para as mesas de comes e bebes. Revirei meus olhos, mas segui Julian. Por longos minutos ele me explicou suas intenções por trás de pinturas abstratas e paisagens realistas, demorando-se nas experiências que inspiraram a arte. Ele tinha muito talento, como pude notar, mas minha mente não estava interessada em ouvir sobre a composição das linhas e pontos ou da mistura de tintas que se devia usar para atingir aquela cor perfeita do pôr do sol. Agradeci silenciosamente quando senti o celular vibrar em minha bolsa, no meio de uma longa explicação sobre uma cobra que tinha picado Julian na infância. Pedi licença educadamente, mas não achei que ele tinha notado minha ausência, já que continuou falando com o ar. Entrei novamente na casa, parando em um corredor mais vazio antes de atender ao telefone.

- Alô?

- Celina! – ouvi a voz esganiçada de Lídia invadir meus ouvidos e suspirei. – Qual o seu problema? Onde você está? Por que não me ligou?

- Eu liguei, Lidia. – respondi. – Você não atendeu.

- Oh. – murmurou ela. – É verdade. Desculpe, estava...

- Vendendo rifas com Bruno. – completei. – Sim, você me disse.

Ouvi Lídia respirar fundo.

- Sim. – então sua voz ficou mais baixa, como se ela não quisesse que ninguém mais a ouvisse. – Você está bem?

Por um momento, encarei a parede de uma cor amarela nauseante, hesitando ao pensar em contar o que havia acontecido. Antes que pudesse evitar, porém, as palavras escaparam de minha boca e eu contei a ela do incidente com meu pai e o coordenador na universidade, sentindo como se um peso saísse de meu peito. Aproveitei o fluxo e contei sobre a noite do bar, e que tinha deixado meu pai falando sozinha na calçada para vir a uma exposição que eu nem mesmo estava aproveitando. Lídia era uma ótima ouvinte. Normalmente, eu era boa em sintetizar meus sentimentos e explicá-los de maneira simples e curta, procurando uma solução. Mas em alguns momentos, como esse, as palavras pareciam jorrar de meu peito e eu mal conseguia parar para respirar antes de me esgotar.

- Ah, Celina. – sussurrou ela quando terminei meu discurso. – Sinto muito. É tão injusto que algum cara aleatório possa decidir seu futuro com uma conversa. Mas talvez...

- Talvez o que? – perguntei já na defensiva.

- Nada. Só reflita sobre o que você realmente quer. – antes que eu pudesse protestar, ela mudou de assunto. – Mas espere, você está na exposição com o tal garoto? Tipo um encontro?

Revirei os olhos.

- Não, Lídia. – respondi. – Ele só achou que seria bom que eu tivesse contato com pessoas da área. Pra me inspirar ou algo assim.

- Se você diz... – ela disse, com um tom de riso na voz.

Sem poder evitar, ri também, mas o que começou como uma risada terminou como um soluço rouco.

- Não sei o que fazer, Lids. – sussurrei.

- Você não precisa saber. – disse ela, gentil, mas com firmeza. – Só precisa decidir por um caminho que parece certo, e então segui-lo. Nem sempre o caminho mais óbvio é o mais indicado. As vezes é preciso procurar um pouco mais.

- Celina? – ouvi a voz de Nick vindo do lado de fora e suspirei.

- Tenho que ir. – murmurei para Lídia. – Te ligo amanhã.

- Tudo bem. Dê notícias.

Assenti e desliguei o telefone, respirando fundo. Quando me virei, dei de cara com Nicolas segurando um copo de suco rosa brilhante. Sorri levemente enquanto ele me entregava o suco e eu sentia nas pontas dos dedos a superfície gelada do vidro.

- Obrigada. – murmurei, tomando um gole da bebida e sentindo o sabor adocicado invadir minha boca.

Ele franziu as sobrancelhas, observando-me.

- Está tudo bem? – perguntou.

Concordei, mas soube que não o tinha convencido.

- Foi Julian? – ele insistiu.

Soltei uma risada curta.

- Não, é claro que não. Desculpe. – respondi, colocando a mão livre na testa. – Eu só... acho que não estou muito no clima de exposição ou de arte.

- Posso te levar em casa. – sugeriu ele, arqueando as sobrancelhas.

- Não! – exclamei, tomando outro gole do suco e ajeitando o cabelo. – De jeito nenhum, você me convidou e eu... Não, estou sendo idiota, desculpe.

Ele riu e pegou minha mão, puxando-me em direção a saída da casa.

- Não é como se eu quisesse ficar. – admitiu ele quando chegamos ao jardim vazio e fomos recebidos por um vento fresco. – Vim apenas para te acompanhar.

Foi minha vez de arquear as sobrancelhas, encarando-o.

- Tudo bem. – suspirei por fim e então sorri. – Podemos fazer outra coisa.

- Aonde você quer ir? – perguntou ele e eu dei de ombros.

- Qualquer lugar. – respondi sinceramente, procurando por qualquer coisa que pudesse me distrair.

Estávamos na calçada agora, iluminados apenas pelas luzes dos postes e os faróis dos carros que passavam correndo na rua. Nick aproximou-se de um carro velho com uma cor verde estranha e entrou, fazendo um gesto para que eu entrasse também. O interior do carro cheirava a sabonete e galhos secos, um odor um tanto estranho, porém agradável. Vi Nick jogar pilhas de papel no banco de trás enquanto eu me acomodava no da frente, pouco antes de ele dar partida.

- Então, a exposição foi uma perda de tempo. – comentou ele, sorrindo, quando paramos em um sinal vermelho.

- Não! – protestei e o encarei com um olhar apologético. – Foi divertido. Julian tem talento.

Nick assentiu.

- Sim. – concordou. – Mas ele tem certa dificuldade em encontrar algo que realmente seja o objeto de sua arte. Você deve ter reparado, suas obras são bem desconectadas.

- E isso é ruim? – perguntei, sentindo-me, de certa maneira, afetada por suas palavras.

- Não necessariamente. – respondeu ele. - Mas é difícil analisar seu trabalho quando não é muito coeso. Julian ainda está encontrando o seu foco.

Voltei os olhos para o lado de fora e abri a janela, sentindo o vento fresco jogar meus cabelos para trás e sabendo que mais tarde teria que desfazer muitos nós.

- Parece o que o coordenador do curso de artes me disse hoje. – as palavras saltaram de minha boca.

Ele desviou os olhos da rua apenas por um segundo para me olhar.

- Como assim? – indagou.

- Fui a uma entrevista hoje. – suspirei, desejando que não tivesse dito nada para não ter que reviver o fracasso da situação. – Meu pai conseguiu que o coordenador do curso na universidade conversasse comigo.

- Isso é ótimo, Celina. – ele sorriu. – Como foi?

Fixei os olhos em um ponto brilhante ao longe quando senti que ele me observava.

- Ele não ficou muito impressionado. – murmurei. – Falou que era melhor que eu tentasse novamente no ano que vem.

Quando me virei, vi que ele ainda me olhava pelo canto dos olhos. Os lábios estavam cerrados, as sobrancelhas, franzidas.

- Então por isso você não quis ficar na exposição? – perguntou com a voz suave.

Assenti, sentindo-me boba por estar tão abalada pelos eventos do dia.

- Não só por isso. – confessei. – Eu e meu pai brigamos.

- Ele ficou bravo com você por não ser aceita?

Sacudi a cabeça, cutucando os cantos das unhas e evitando o olhar de Nick. Ele parecia não conseguir esconder suas emoções. Seu rosto era transparente, incapaz de mostrar outra coisa senão o que realmente achava, e agora seus brilhantes olhos verdes não mostravam nada além de preocupação e talvez uma inevitável curiosidade.

- Ele acha que eu devia tirar um ano para descobrir o que realmente quero fazer. – respondi com a voz embargada. – Disse que talvez o coordenador tenha razão.

- E você discorda?

- Bom, - engoli em seco. – Sim, discordo. Eu levei meu portfólio, e ele disse que eu tinha muita técnica. Conheço diversos tipos de desenho e pintura e já fiz muitas aulas. Eu me esforcei muito.

- Se esforçar não quer dizer ter talento. – murmurou ele sem rodeios.

Eu o encarei e bufei.

- Então eu não tenho talento?

- Não disse isso. – respondeu ele. – Só estou dizendo que talvez você não devesse descartar completamente a opinião do coordenador do curso de Artes Visuais em uma universidade conceituada. Tirar um ano para se descobrir não é algo negativo.

- Mas eu não preciso me descobrir. – respondi, irritada. – Sei bem o que quero.

Ele deu de ombros.

- Tudo bem, então.

Apesar do tom de voz neutro, sua expressão demonstrava uma clara impaciência e a inquietação de quem estava se repreendendo para não falar algo. Desviei os olhos de seu rosto e voltei a cutucar os cantos das unhas com força.

- Por que todos acham que eu não sei o que quero? – reclamei. – Lídia, meu pai, professores... Por que todos insistem em questionar minhas escolhas?

- Se todos que te conhecem estão questionando, Celina, - respondeu ele quietamente, olhando firmemente para a rua a sua frente. – Talvez você devesse levar em consideração seus questionamentos.

Apertei os lábios com força, travando a mandíbula. Havia muito mais que eu gostaria dizer para esse garoto que eu mal conhecia, mas resolvi poupar minhas palavras para alguém que realmente se importasse. O nó em minha garganta latejava de tensão e eu conseguia sentir as lágrimas de frustração por trás das pálpebras. Cruzei os braços com força sobre o peito.

- Onde você vai querer ir? – perguntou Nick, pouco tempo depois, em uma tentativa de quebrar meu silêncio.

- Quero ir pra casa. – respondi.

Ouvi-o suspirar, mas não me virei para olhar seu rosto. Ele dirigiu em silêncio pelo resto do trajeto, as mãos firmes no volante, enquanto eu abraçava os joelhos em cima no banco e encarava o lado de fora, sentindo o vento frio gelar meu rosto. Quando chegamos ao hotel, minutos depois, suspirei e o encarei uma última vez, seus olhos verdes muito frios grudados nos meus.

- Obrigada por me levar na exposição e me trazer em casa. – falei de maneira neutra, e então saí do carro, sentindo seu olhar queimando minhas costas até o momento em que entrei no elevador.

CAPÍTULO 6

Acordei na manhã seguinte com o barulho de meu pai puxando as cortinas pesadas do quarto, deixando a luz forte e ofuscante me alcançar. Quando cheguei ao hotel, na noite anterior, ele ainda não estava no quarto. Provavelmente, tinha ido resolver assuntos profissionais de última hora. De qualquer maneira, senti uma onda de alívio quando vi que não teria que enfrentá-lo naquele momento, já exausta de brigar com tantas pessoas em um mesmo dia. Ainda sentia essa exaustão agora, enquanto piscava os olhos, me ajustando à luz forte e gemendo.

- Pai. – murmurei, meu rosto ainda apertado contra o travesseiro quente e macio.

- Celina. – disse ele. – Levante-se. Vamos almoçar na casa de Luciano.

Desembaracei-me dos lençóis e o encarei, meus olhos ainda pesando de sono.

- Prefiro não ir. – falei em voz baixa.

- Não está aberto à discussão. Fique pronta, vou te esperar na recepção. – com isso, ele saiu do quarto. Suspirei, sabendo que não havia nada que eu pudesse fazer, e fui me arrumar.

O caminho para a casa de Luciano foi preenchido por um silêncio torturante. Meu pai não parecia bravo, apenas com uma enorme impaciência. Eu sabia que não devia ter entrado no táxi e o deixado sozinho na calçada e pretendia pedir desculpas. Mas enquanto ele não trazia o assunto à tona, resolvi deixar pra lá, receando que qualquer menção ao incidente de ontem iniciasse outra briga.

A casa era mais uma mansão, pintada com uma tinta acinzentada que contrastava com o branco das portas e das janelas. O jardim da frente era decorado com flores coloridas, altas trepadeiras e arbustos bem cortados, o que demonstrava que Marcele era realmente boa em seu trabalho. Foi ela quem abriu a porta, com os olhos brilhando e um sorriso que mostrava dentes brancos e perfeitamente alinhados. Pelo jeito esse era mais que um almoço amigável. Diversas pessoas em ternos e vestidos chiques encontravam-se na sala de jantar enorme, em volta de uma mesa de petiscos. Um lustre de cristal pendurava-se no teto, suas pedras refletindo a luz que entrava pela janela. Da cozinha vinha um cheiro delicioso de comidas quentes em preparo, que se misturava ao forte odor das velas aromatizantes. A cena parecia um tanto cinematográfica, com um ar de sofisticação.

Apenas Lorena se destacava em meio aos tons pastel da sala, com uma calça de moletom preta e regata. Quando me viu, surpreendentemente, acenou e fez um sinal para que eu me juntasse a ela. Olhei em volta, confusa, esperando ver outra pessoa para quem ela poderia estar acenando, mas só havia eu. Como meu pai já estava entretido em uma conversa com uma mulher de vestido azul, andei receosa até o sofá onde Lorena estava sentada com uma taça de champanhe.

- Celina. – disse ela, com a voz firme. – Precisamos conversar.

Arqueei as sobrancelhas, confusa, mas assenti.

- Tudo bem. – murmurei e me sentei no sofá ao seu lado.

Ela respirou fundo.

- Meu pai veio falar comigo ontem. – começou ela, o tom de voz acusatório. – Sobre como ele estava feliz que eu e você ainda nos dávamos bem. Quando perguntei do que ele estava falando, ele disse que seu pai comentou que nós tínhamos ido a uma exposição de arte ontem à noite.

Engoli em seco, lembrando-me da mentira.

- Lorena... – comecei, mas ela logo me interrompeu.

- Não me importa o que você estava fazendo, Celina. Sei que não era nada ilegal. – disse ela. – Você é certinha demais pra isso.

- Certo. – murmurei, sem saber exatamente se sua fala era uma crítica ou um elogio.

- Então estou supondo que é um garoto. – afirmou sem devaneios.

Suspirei, fechando os olhos e repassando em minha mente a conversa com Nícolas na noite anterior. Ele não tinha voltado a me procurar, e eu também não tinha tomado nenhuma iniciativa. Parte de mim sabia que eu havia sido injusta com ele e que provavelmente deveria pedir desculpas.

- *Foi* um garoto. – corrigi, sentindo minhas bochechas corando. – Mas acabou. Nem havia começado, na verdade.

Lorena revirou os olhos.

- Tanto faz. – respondeu impaciente. – Quero te propor um acordo.

Franzi as sobrancelhas.

- Um acordo? – perguntei, confusa.

- Meus pais estão insistindo que eu te convide pra sair enquanto está em Santiago. – explicou. – Imagino que seu pai também queira que sejamos amigas. O que quero propor é o seguinte: eu digo para os meus pais que estamos saindo, enquanto na verdade estou com a banda. Você diz para o seu pai que está comigo e pode sair com seu garoto. Se combinarmos nossas histórias, não vejo o que pode dar errado.

- Mas eu não vou sair mais com o garoto. – respondi. – Nós... brigamos.

Ela bufou.

- Por favor, Celina. Não estrague a única coisa interessante na sua vida. – antes que eu pudesse reclamar, ela estendeu a mão livre. – Temos um acordo?

Suspirei, mas sacudi sua mão. Eu não tinha nada a perder, realmente.

Quando nos sentamos para jantar, Lorena, o par de gêmeos de algum dos executivos presentes e eu ficamos juntos na ponta mesa. Os garotinhos pareciam estar tentando se chutar embaixo da mesa, mas acabaram errando o alvo e me acertando repetidamente. Em nenhum momento, porém, Lorena deu sinais de ter sido atingida também. Algo me dizia que os gêmeos já a conheciam e sabiam que não deviam incomodá-la. Quando o jantar foi servido, uma conversa educada que não envolvia assuntos profissionais começou, mas eu e as outras crianças não fomos convidadas a participar. Em vez disso, quando tínhamos acabado de comer, os pais de

Lorena sugeriram que ela me levasse para conhecer seu quarto e que mostrasse a sala de entretenimento para os gêmeos. Então, ela nos conduziu por uma longa e circular escada, subindo para o primeiro andar.

A "sala de entretenimento" era um enorme cômodo com uma televisão gigante e sofás de cinema. Havia uma máquina de fazer pipoca e alguns brinquedos e instrumentos musicais jogados no canto, como se ninguém os usasse já há algum tempo. Os meninos correram para uma longa mesa de sinuca e começaram a usar os tacos como espadas. Lorena suspirou e ligou a TV no volume máximo. Então, empurrou-me para fora da sala e girou a chave.

- O que você está fazendo? – perguntei, exasperada. – Não pode trancá-los aí.

Ela revirou os olhos.

- Melhor do que tê-los correndo pela casa e quebrando tudo. – respondeu ela, indiferente.

A porta no final do corredor era a do quarto de Lorena. Eu havia imaginado tons de preto, caveiras e odor de morte, mas o quarto era muito mais normal. Franzi as sobrancelhas para os móveis brancos e o tapete fofinho e cinza que cobria todo o chão. Como uma adolescente normal, Lorena tinha pôsteres de suas bandas favoritas e um enorme mural de fotos colado na parede. A colcha e as almofadas mesclavam cores de roxo, preto e azul escuro. Em um canto, vi um violão e uma guitarra, cercados de partituras e livros de música. Lorena já havia se jogado em uma poltrona cinza e me encarava com as sobrancelhas erguidas. Ela fez um gesto com a cabeça, indicando que eu me sentasse também. Desconfortável, sentei-me na beirada de sua cama, sentindo o colchão macio afundar.

Lorena tinha se levantado e mexia em um grande aparelho de som perto de seus instrumentos. Fiquei surpresa ao reconhecer as notas singelas de um piano acompanhadas de um ritmo familiar.

- *Amber Run*? – perguntei, encarando-a. – Não é o que eu imaginei que você gostaria de ouvir.

Ela suspirou e jogou-se na cama ao meu lado, revirando os olhos azuis elétricos.

- O que você esperava? Metallica? Simple Plan? – murmurou, sacudindo a cabeça. – Você é tão sem criatividade, Celina.

Lorena já tinha me insultado tantas vezes desde que nos encontramos que eu nem me incomodava em ficar incomodada. Em vez disso, encostei-me na parede e fechei os olhos, escutando a música e sentindo que Lorena apreciaria meu silêncio. Mas foi ela quem voltou a falar primeiro, apenas alguns minutos depois.

- Então, o que aconteceu com seu príncipe encantado? – perguntou ela.

Revirei os olhos.

- Não precisamos fazer isso. – murmurei.

- O que?

- Jogar conversa fora, como se ainda fôssemos amigas. – respondi, apertando uma das almofadas da cama contra o peito.

- Não estou sendo sua amiga. – disse ela, seca. – Meu interesse na sua vida amorosa provém unicamente da minha apreciação de dramas pessoais alheios.

- Bom, sinto te decepcionar, mas não existe drama algum.

Lorena deitou de bruços, encarando-me com as bochechas apoiadas nas mãos, os olhos apertados.

- Sua relutância em falar do assunto só me deixa mais interessada. Quem diria que você poderia se tornar interessante.

- Bom, e você? – repliquei, irritada. – Pelo jeito, sua vida é um tanto mais interessante. Já estou imaginando uma versão real de *Curtindo a Vida Adoidado*. Só que com muito mais garotos.

- Não tenho o menor interesse em garotos. – respondeu Lorena, um sorriso torto pendendo em seus lábios. – E mesmo se tivesse, não é da sua conta.

Bufei, levantando-me da cama e cruzando os braços, como se eles pudessem me proteger dos ataques verbais contínuos de Lorena. Encarei o mural na parede enquanto ela mexia novamente no aparelho de som. Não havia sequer um espaço em branco, o retângulo todo preenchido por fotos. A maioria das fotografias era de Lorena com sua banda, tocando ou ensaiando. Outras mostravam seus pais e pessoas que eu não reconheci. Em uma delas, identifiquei um pedaço de cabelo castanho trançado que eu sabia que era meu quando pequena. Havia ainda cartões postais, imagens aleatórias e pedaços de papel com números, desenhos ou notas musicais. No topo do mural, um convite em tons de verde e dourado chamou minha atenção pelos detalhes em aquarela. Tirei-o com cuidado, curiosa com o que haveria na parte da frente. Antes que eu pudesse ver, Lorena arrancou o convite de minha mão.

- O que é isso? – perguntei, incapaz de conter o interesse, enquanto ela o reposicionava.

- O convite para um baile. – murmurou ela.

- Um baile? Como da *Cinderela*?

Lorena me encarou com as sobrancelhas franzidas em desprezo.

- Não, Celina. Não estamos na Disney. – respondeu. – É um baile de talentos. Muito mais comercial que divertido.

- Parece promissor. – murmurei. – E exclusivo. Como você conseguiu um convite?

- Minha mãe tem muitos contatos. Ela tem esperanças de que eu e a banda consigamos um contrato com alguma gravadora estrangeira.

- Você não parece interessada. – comentei sincera.

- Não tenho qualquer interesse em ser famosa. – respondeu. – E o resto da banda também não. Somos uma banda de garagem e pretendemos continuar com esse charme.

Dei de ombros. Eu também não tinha a menor intenção ou vontade de ser famosa, então pude entender o que ela queria dizer. Toda a atenção seria mais do que eu poderia agüentar, visto que eu valorizava imensamente meu espaço pessoal e minha privacidade. Não havia nada que eu amasse tanto fazer que tornasse normal e aceitável ter pessoas me seguindo, tirando fotos e discutindo meus sentimentos nas páginas de uma revista idiota.

- Meu pai... – ouvi Lorena recomeçar a conversa hesitantemente. – Ele me contou que você não foi aceita na Universidade.

Balancei a cabeça, irritada, e andei até a janela, encarando o quintal perfeito de Lorena e sentindo minhas bochechas esquentando de vergonha.

- Parece que meu pai não se importa de compartilhar essa informação. – murmurei com as mandíbulas travadas. – Não, não fui aceita.

Lorena suspirou e abraçou uma almofada, sentando-se na poltrona.

- Eu acho que não é nada demais. – disse ela com a voz suave. – O mundo age como se precisássemos ir para a faculdade, mas, na verdade, não.

- Mas eu quero ir pra faculdade.

- Ou então talvez você só ache que quer porque todos te convenceram do quão maravilhoso vai ser.

Encarei-a, ainda apoiada no parapeito da janela e sentindo o vento atingir minhas costas.

- Não estou dizendo que a faculdade não é incrível. Talvez seja. Mas, - continuou ela. – Independente de onde você estiver, com quem estiver ou o que estiver fazendo, ainda é *você*. E, acredite, a maior parte de nossos problemas é interna, não externa.

- Quem disse que tenho um problema, Lorena? – retruquei. – Eu estou bem.

- Ah, todo mundo tem problemas. – então ela levantou-se e parou de frente pra mim. – E o fato de você querer negar que tem só confirma o tamanho dos seus.

Revirei meus olhos.

- Você é psicóloga, por acaso?

- Ainda não. – respondeu ela. – Mas dá pra ver que tenho talento pra coisa, não é?

Então, ouvi a voz de meu pai me chamando da escada e suspirei. Lorena pulou e correu para libertar os garotos da sala de entretenimento. Quando chegamos ao topo da escada, nós duas segurando os gêmeos pelos braços, os adultos já estavam nos esperando.

- Vamos, Celina?- perguntou meu pai. Assenti e desci as escadas, despedindo-me de Lorena com um aceno, enquanto ela lutava para conter os garotinhos de escorregarem no corrimão da longa escada circular.

Meu pai já havia pedido um táxi. Ele murmurou o endereço do hotel rapidamente para o motorista e entrou comigo no banco de trás, em vez de ir na frente. Encarei-o e ele suspirou, sustentando meu olhar.

- Espero não ter que te prender em um lugar onde você não possa fugir toda vez que tivermos que ter uma conversa séria.

Revirei os olhos, mas concordei. O sol que entrava pelo seu lado da janela me cegava, mas eu sabia que, em conversas como essa, meu pai insistia em contato visual.

- Sinto muito por ontem. – respondi sincera. – Eu não deveria ter ido embora.

- Você não pode simplesmente fugir de seus problemas, Celina. Nem literalmente.

- Sei disso.

Ele esfregou os olhos, respirando profundamente.

- Alguma universidade liberou os resultados?

- Não. – respondi. – Talvez na próxima semana.

Ele ficou em silêncio novamente. Eu sabia que ele estava procurando as palavras certas para me dizer o que quer que fosse dizer, sabendo que uma palavra errada podia mudar todo o rumo da conversa e do meu humor. Eu estava disposta a escutar, mas tinha sido repreendida o suficiente nos últimos dias e não estava exatamente animada para outra bronca.

- O que você vai fazer se não for aprovada em nenhuma universidade, Celina?

A pergunta me surpreendeu e eu franzi as sobrancelhas. Apesar de saber que essa era uma possibilidade válida e muito possível, era difícil imaginar um futuro diferente daquele que eu tinha idealizado há tanto tempo.

- Entrar em um cursinho. – respondi. – Voltar para as aulas de arte.

- É disso que tenho medo. – disse meu pai. – Você diz ter certeza do que quer, mas nem conhece as infinitas possibilidades.

- Só porque não decidi uma área de especialização...

- Não estou falando de especialização, Celina. – murmurou ele, interrompendo-me. – Estou falando do mundo. Por tanto tempo você vem falando em Artes, sem considerar nenhum outro curso, sem nem se interessar em procurar.

Ele suspirou e tocou minha bochecha.

- Tenho medo de que escolha algo sem conhecer todas as suas opções.

- Não é uma escolha definitiva, pai. – murmurei sentindo a rouquidão em minha voz.

- Não. – concordou ele. – Mas você é teimosa demais. Se me disser que tem certeza do que quer agora, não questionarei. Mas se qualquer parte em você estiver em dúvida, não é um problema.

- Conheço minhas opções, pai. – respondi rapidamente, talvez até rápido demais. – Sei o que tenho que fazer.

Ele assentiu e respirou fundo.

- Então tudo bem.

Passamos o resto da viagem em silêncio. Eu sabia que meu pai não voltaria a me questionar, mas não senti o alívio que imaginei que sentiria. Parte de mim se perguntava o quanto de certeza era realmente possível ter, e o quanto de dúvida seria considerado normal e aceitável para tomar uma decisão. Era verdade que eu nunca havia considerado outra opção e nem mesmo procurado saber mais sobre outros cursos. Mesmo assim, o pensamento de fazer qualquer outra coisa parecia uma traição para com tudo que eu havia feito durante os anos e para com quem eu imaginava ser.

CAPÍTULO 7

Quando chegamos ao hotel, meu pai subiu imediatamente para o quarto, afirmando que ia tirar um longo cochilo. Pensei em acompanhá-lo, mas, em vez disso, avisei-o que ia dar uma volta no bairro.

Por alguns minutos, andei sem rumo pelas ruas agitadas. Eram quase cinco da tarde de uma quarta feira, então as lojas ainda estavam cheias de clientes, os carros passando rápido pelas ruelas de pedra. As pessoas andavam com passos acelerados, falando apressadamente nos celulares ou correndo por entre os veículos. Todos pareciam muito adultos e decididos, como se soubessem exatamente o que estavam fazendo. Senti-me deslocada por estar tão perdida, tanto metafórica quanto literalmente. Eu não havia planejado aonde ia, então não estava com o Google Maps à mão. Aproveitei o frio na barriga que me atingiu quando olhei ao redor e não reconheci nenhuma das lojas ou dos prédios. Apesar da ansiedade, continuei andando.

Encontrei o que parecia ser uma floricultura e um café unidos e entrei. O lugar era muito claro, com o chão de madeira e clarabóias no teto alto. Todas as mesas de ferro estavam desocupadas, cada uma com um pequeno cacto no centro. Vi apenas uma atendente no balcão, cercada de bolinhos, flores, múltiplos coadores de café e um bule que soltava fumaça.

- Boa tarde! – exclamou ela ao me ver, inclinando-se para olhar através das trepadeiras. – Em que posso ajudar?

- Ah... – murmurei, apalpando os bolsos em busca de trocados. – Um bolinho, por favor.

- Chocolate, baunilha ou morango?

- Baunilha. – respondi e coloquei as moedas em sua mão livre enquanto ela me entregava o bolinho. – Obrigada.

- Sem problemas, princesa. – ela riu. – Você parece uma princesa mesmo.

Encarei-a com as sobrancelhas erguidas. Ela tinha a pele muito negra, e os cabelos eram castanhos e cacheados com as pontas claras. Os olhos eram de um verde muito vivo, hipnotizantes e contornados por cílios espessos e longos. Seu vestido era rodado, cheio de babados e brilhos. Se alguém ali parecia uma princesa, era ela.

- Sente-se. – disse ela, alegremente. – Fique à vontade.

Sentei-me em uma das mesas vazias e comi meu bolinho em silêncio, enquanto ela me observava atentamente. Apesar do meu claro desconforto, a menina não desviou o olhos. Então, peguei meu celular na bolsa e resolvi, por impulso, mandar uma mensagem para Nicolas. Encarei a tela brilhante estupidamente por alguns minutos, incerta do que dizer.

- "Oi" é sempre um bom começo. – comentou a atendente.

- O que? - encarei-a, confusa.

Ela sorriu.

- A mensagem. – explicou.

Revirei os olhos e assenti, irônica.

- Sim. – murmurei. – Obrigada.

Mesmo assim, digitei um "oi" e parti dali.

Oi. Desculpe por ontem, podemos conversar?

Suspirei, chegando a conclusão de que não havia muito mais o que dizer e enviei a mensagem.

- Não se preocupe. – a atendente voltou a falar. – Tudo se resolve.

Ergui as sobrancelhas, encarando-a de maneira cética.

- Você dá esse conselho para todos os clientes? – murmurei.

- Só para aqueles que parecem precisar dele.

Ponderei em silêncio sobre as possibilidades de eu me encontrar no único café vazio e com uma atendente que parecia ter um dom terapêutico. Distraída, voltei meus olhos para as plantas penduradas por todos os lados, os tons de verde se mesclando com o azul da parede e o colorido das coberturas do bolinhos e biscoitos. De alguma maneira, a combinação era um tanto relaxante. Talvez fosse isso que me prendesse na cadeira, incapaz de me levantar e voltar para o hotel. O lugar parecia quase um limbo, onde eu podia esperar que as coisas, de fato, se resolvessem. Junto ao cardápio na mesa, vi uma lista com nomes de plantas e suas respectivas funções medicinais.

- Então isso é uma floricultura, café e lugar para aconselhamento? – perguntei, suspirando. – Suponho que possa funcionar.

Ela riu.

- Você seria a primeira a achar que funciona. – respondeu. – Pode me ajudar a convencer meus pais. Eles não ficaram satisfeitos com a ideia de largar a faculdade para fazer isso.

- Esse lugar é seu? – indaguei, surpresa.

Ela assentiu, sorrindo discretamente e varrendo os olhos pelo ambiente.

- Sim. É o que sempre quis fazer.

Franzi a testa, observando sua expressão leve e sonhadora.

- Você sempre quis ter um café-floricultura onde aconselha as pessoas? – murmurei. – Parece um tanto específico.

Ela gargalhou, uma risada alta, aguda e nada contida que preencheu o café.

- Bastante. – concordou. – Mas, sim. O objetivo sempre foi unir minhas paixões. Sempre quis ter um tipo de restaurante, e sempre amei plantas. Além de, claro, sempre ter tido esse dom para o aconselhamento.

- E seus pais não te apoiaram? – perguntei.

- Venho de uma família de médicos. – explicou ela. – Quando mostrei interesse em plantas com poderes de cura eles já ficaram decepcionados. Foi por isso que comecei a faculdade de Medicina. Mas, bom, quando queremos o queremos não há muito que possamos fazer.

- Então você largou a faculdade e abriu isso aqui sozinha? – murmurei, verdadeiramente impressionada. – Com certeza precisou de muita coragem.

- Oh, você não faz ideia. Mas temos que fazer o que temos que fazer. Admito, não é fácil. Tenho poucos clientes, alguns fixos, mas poucos. Os olhares da família são sempre muito julgadores. Mesmo assim, nunca estive mais feliz. – ela abriu um sorriso. – Esse é o meu lugar. É algo que construí, algo que amo. Vale a pena.

Enquanto a encarava, sorrindo também, o celular apitou em cima da mesa. Franzi as sobrancelhas para o ponto de interrogação que era a única resposta. Mandei outra mensagem, insistindo e perguntando se poderíamos encontrar. Dessa vez, recebi um endereço. Resolvi que era o melhor que conseguiria e me levantei da mesa, andando até o balcão.

- Obrigada pelo bolinho. – falei. – E pelos conselhos.

Ela suspirou.

- Espere um segundo. – murmurou e saiu correndo para dentro.

Quando voltou, carregava um pequeno vaso com flores roxas e um bolinho decorado de glacê.

- Lavandas. Você tem sinais de tensão por todo o rosto, e tão jovem. Aqui e aqui. – ela explicou, tocando meu rosto. – Elas diminuem a ansiedade e o estresse.

- Obrigada. – respondi. – E o bolinho?

- Oh, o bolinho é chocolate. Libera endorfinas. – ela deu de ombros. – E é gostoso.

- Obrigada. – repeti sorrindo e abri a porta para sair.

- Não foi nada. – respondeu. – E volte sempre!

Hesitei por um momento na porta, segurando a maçaneta com força nas mãos, sem girá-la. Respirei fundo antes de, finalmente, após alguns segundos, abrir a porta e sentir o ar denso e os barulhos da cidade me cercarem. Fora do meu limbo, começava a escurecer, as nuvens pesadas mesclando-se com os pedaços de céu azul marinho. Voltei a andar, confiante, mesmo que ainda perdida, em busca de um táxi que pudesse me levar ao endereço da mensagem. Finalmente, encontrei um ponto e entrei no carro.

Um cansaço momentâneo me atingiu enquanto observava a rua pela janela do banco de trás. Pisquei os olhos, sentindo um peso quase real e já presente se intensificar em meus ombros. Por algum motivo, queria chorar. Queria a sensação das lágrimas jorrando e o vazio que viria depois, assustador, mas de muito alívio. Se eu fosse, de fato, chorar, esse seria um ótimo momento. Provavelmente seriam os poucos minutos que eu teria sozinha nas próximas horas. Mesmo assim, as lágrimas não vieram e tudo que consegui fazer foi ponderar inutilmente sobre o *porquê* da vontade de chorar.

Eu continuava perdida. Era como se andasse sem rumo, agindo sem razão e tomando decisões que pareciam não levar a nada. A incerteza do amanhã era angustiante e eu me vi, novamente, em um limbo, mas, dessa vez, meu limbo parecia mais um purgatório. O mundo parecia girar rápido demais, e eu estava parada, incerta de como acompanhá-lo.

- *Quince pesos.* – a voz do motorista me assustou, puxando-me brutalmente de meus devaneios e me fazendo pular no banco.

Entreguei o dinheiro rapidamente e saí do carro, tentando identificar onde exatamente estava. Na minha frente, havia um grande portão de ferro, cercado de muros de pedras cobertos de trepadeiras em ambos os lados. Conferi o endereço no meu celular antes de tocar a campainha. Poucos segundos depois, o portão se abriu e eu o empurrei hesitantemente, perguntando-me se seria uma boa ideia entrar.

- Nick? – chamei, olhando em volta do enorme jardim.

Quando ninguém respondeu, parei junto ao portão e encarei as flores coloridas que cercavam a varanda da entrada da casa. Então liguei para o número de Nick, esperando que a mensagem não fosse um engano. Quando ele atendeu, pulei com o barulho que escutei do celular. O som de uma bateria e guitarra ao fundo preencheram meu ouvido, enquanto alguém gritava por cima.

- CELINA. ESPERE UM SEGUNDO. – identifiquei a voz de Sofia. – PAREM COM ISSO!

Então o barulho parou e eu a ouvi suspirar.

- Obrigada. – continuou. – Celina, é Sofia. Estamos no celeiro atrás da casa. Pode entrar.

Antes que eu pudesse responder, ela desligou.

Olhei ao meu redor mais uma vez e então comecei a contornar a casa. O jardim parecia se estender eternamente, com uma variedade absurda de flores, arbustos e árvores. Quando finalmente cheguei na parte de trás da casa, conclui que quem quer que morasse ali devia ter muito dinheiro. A primeira vista, notava-se um pomar muito verde, com árvores de frutas e uma horta. Então, uma enorme piscina refletindo o céu escuro. Por fim, o celeiro, que na verdade não parecia um celeiro. Obviamente, ele tinha sido reformado e parecia agora uma mini-casa, com as paredes de madeira e as janelas pintadas de branco e amarelo.

Aproximei-me e bati na porta levemente antes de entrar.

O lugar realmente tinha sido transformado, mas não em uma casa. Era claramente um estúdio de música, com paredes com isolamento acústico e todos os tipos de instrumentos imagináveis. Havia diversos sofás espalhados por todo o cômodo, e até uma pequena cozinha em um dos cantos.

Sofia, Valentina e Benjamim estavam em cima de um palquinho, ensaiando individualmente e de maneira desorganizada. Todos levantaram os olhos para me encarar quando fechei a porta.

- Oi. – murmurei, tímida, percebendo o quão pouco eu realmente conhecia essas pessoas. Nicolas não estava em lugar algum. – Hã, Nick está aqui?

- Oi, Celina. – Benjamim foi o primeiro a me cumprimentar. – Nick não está, mas ele deve chegar logo.

- Sei. – respondi, confusa. – Desculpe interromper, ele me mandou o endereço e eu entendi que devia encontrá-lo aqui?

- Eu mandei a mensagem com o endereço. – disse Valentina, pulando do palquinho, os cabelos negros voando ao redor de seu rosto. – Nick não sabe que você vem. Mas eu estava muito curiosa. Pelo que exatamente você veio pedir desculpas?

Senti minhas bochechas esquentarem e engoli em seco, desviando os olhos de Valentina e tentando não demonstrar meu desconforto.

- Não foi nada. – respondi.

Valentina abriu a boca para insistir, mas Sofia a interrompeu.

- Deixe-a em paz, Val. – então ela abriu um largo sorriso e me abraçou. – Oi de novo, Celina. Fique à vontade.

Sentei-me muito ereta em um dos sofás, pensando se devia realmente ficar e esperar por Nick. Enquanto os observava, quieta, percebi que o lugar já tinha uma dinâmica de casa. Havia casacos pendurados nas portas e jogados no sofá e carregadores de celular pendendo nas tomadas. A pia estava cheia de louça suja, incluindo panelas, o que indicava que alguém havia cozinhado. No canto, notei as caixas de papelão cheias de bonecas e brinquedos velhos.

- Refrigerante, Celina? – perguntou Ben abrindo a geladeira. Quando concordei, ele me jogou uma latinha e veio se sentar ao meu lado. – Aproveitando seu tempo em Santiago?

- Sim. – respondi. – Gosto muito daqui.

- Eu também. – disse ele. – Não sei se teria coragem de me mudar. É meu lar, sabe?

Assenti, compreendendo a sensação de apego inexplicável a certo lugar.

- O Brasil é meu lar. – falei. - Mas adoraria morar em outro lugar. Uma mudança de cenário é sempre bom. Talvez Europa.

- Eu não negaria uma viagem à Europa também. – admitiu. - Sofia já foi várias vezes, mas ela se recusa a me levar junto.

Ao ouvi-lo, Sofia bufou e se juntou à nós no sofá.

- Isso não é verdade. – disse ela com as sobrancelhas franzidas, mas mesmo assim repousou sua cabeça no ombro de Benjamim.

- Ela sabe que eu não sou sofisticado para isso. – riu ele, passando o braço pelos ombros dela.

Eu sorri, observando-os com curiosidade.

- Essa casa é sua, Sofia? – perguntei.

Ela balançou a cabeça em confirmação.

- Moro aqui desde sempre. – disse ela. – Esse celeiro já foi casa de bonecas, planetário, consultório de dentista...

- E, se ela pedisse, os pais dela transformariam isso aqui em Nárnia. – comentou Valentina, dedilhando um violão.

Sofia revirou os olhos, mas não negou. Então, a porta se abriu e Nick entrou, carregando diversas sacolas de supermercado e correndo para a cozinha sem olhar para os lados. Senti meu estômago se contorcer ao vê-lo tão naturalmente, sem que soubesse que eu estava lá. Então, por um segundo, perguntei-me se talvez ele não ficasse feliz de eu ter vindo ou de Valentina ter me chamado.

- Seus pais estão fora de controle, Sofia. – murmurou ele, colocando inúmeras latinhas de refrigerante na geladeira. – Sua mãe acabou de me entregar biscoitos quentinhos e *se desculpou* por não ter feito "aqueles brownies que eu tanto gosto". E seu pai? Bom, ele insistiu em me dar uma carona ao mercado que fica há *cinco minutos daqui.*

Sofia deu de ombros, enquanto Benjamim fez algum comentário sobre "ter os melhores sogros do mundo". Foi Valentina que cutucou a cabeça de Nick, ainda enfiada na geladeira com as bebidas, e murmurou:

- Alguém está aqui pra te ver.

Ele virou-se e, por sua reação, parecia que esperava ver qualquer um, menos eu. Sorri amarelo e acenei estupidamente enquanto ele me encarava por longos segundos.

- Celina. – ele disse, finalmente, e andou cautelosamente até o sofá. Eu me levantei, pois parecia o certo a fazer. – Não sabia que vinha.

Antes que eu pudesse responder algo, Valentina se intrometeu novamente.

- Você esqueceu seu telefone, idiota. – retrucou ela. – Então eu tomei a liberdade de responder suas mensagens e ligações. Ah, sua avó disse que precisa que você chegue em casa cedo hoje.

Ele assentiu, ainda me encarando.

- Certo. Então... – ele parecia constrangido, e eu senti o rubor esquentar minhas bochechas. – Como você está?

- Bem. – respondi rapidamente. – Será que podemos, hã, conversar?

- Claro. – ele apontou para a porta. – Lá fora?

- Certo.

Nick me guiou para fora do celeiro, onde as luzes do quintal tinham sido acesas e iluminavam a horta e a piscina. Um vento frio me atingiu e eu cruzei os braços, andando até onde estavam as espreguiçadeiras. Nick me acompanhou quando sentei em uma delas, encarando-me. Seus olhos verdes pareciam refletir as luzes e os reflexos da água e eu não conseguia encará-lo de volta, então, foquei o olhar em meus sapatos velhos.

- Me desculpe. – comecei, antes que ele pudesse dizer algo. – Por ontem. Sei que você não tinha a intenção de me ofender ou de se meter, e eu fui egoísta. E chata. Me desculpe.

Ele franziu as sobrancelhas.

- Tudo bem. – respondeu com a voz rouca. – Não tinha mesmo a intenção de me meter, mas talvez eu tenha sido intrusivo. Me desculpe também.

- Tudo bem. – murmurei.

Um silêncio desconfortável se instalou quando terminei de falar. Pelo jeito, o assunto tinha sido mais curto que esperávamos. Respirei fundo silenciosamente, temendo que qualquer som pudesse causar mais constragimento, e então me deitei na espreguiçadeira, abraçando meus joelhos. O céu estava sem nuvens e a casa afastada de Sofia permitia uma visão das estrelas sem a intervenção de luzes da cidade. Pelo canto do olho, vi Nick se deitar também.

- Ainda está brigada com seu pai? – perguntou ele com a voz suave.

- Conversamos hoje mais cedo. – murmurei, ainda encarando o infinito.

O zumbido do vento foi o único som por mais alguns minutos que aproveitei para fechar os olhos e sentir a atmosfera do lugar, que me lembrava muito uma fazenda. Um de meus vários primos distantes nos convidou uma vez para passar as férias em seu sítio no interior. Não havia muito o que fazer sem internet ou TV. Eu também não tinha primos da minha idade para brincar e os livros que eu tinha levado se mostraram curtos demais para um verão inteiro. Então, peguei o hábito de perder horas em cima de uma árvore em particular no centro do pomar, que parecia devidamente livre de insetos em excesso. Memorizei o cheiro das folhas verdes, das frutas maduras e dos eucaliptos, o som do vento e das cigarras, a sensação do sol de fim de tarde na pele e a textura dos cascos das árvores e da terra nos pés. Apesar da monotonia e das piadas idiotas de tios bêbados, foi um verão um tanto aproveitável. Minha mãe chegou a tentar a me ensinar tricô para passar o tempo, mas eu não possuía talento algum e ela acabou desistindo e me deixando em paz em minha árvore. Pra mim, observar o céu mudar de cor tinha se tornado uma atividade muito interessante.

Era nisso que pensava quando escutei Nick. Por um segundo achei que ele tivesse dito algo direcionado a mim, mas então percebi que não.

- Você está *cantarolando*? – perguntei, rindo.

- O que? – exclamou, soltando uma risada. – Eu cantarolo quando estou nervoso.

- Você está nervoso? – murmurei, virando minha cabeça para encará-lo.

Ele revirou os olhos.

- Estamos em um momento do famoso silêncio constrangedor. – defendeu-se. - Não sei se devo dizer algo.

- E você achou que *cantarolar* seria uma boa solução? – perguntei, divertindo-me.

- Cale a boca, Celina. – respondeu ele, cobrindo o rosto com as mãos. – É um mecanismo de defesa inconsciente.

Fechei meus olhos e encostei a cabeça na espreguiçadeira, ainda sorrindo.

- Talvez devêssemos voltar lá pra dentro, então. – sugeri, mesmo que não fosse o que eu realmente queria.

Ouvi-o respirar fundo.

- Ainda não. – respondeu ele. – Vamos só... ficar aqui um pouco mais.

- Tudo bem. – sussurrei, mais para mim mesma que para ele.

Apesar do silêncio, a atmosfera não estava mais desconfortável. Reconhecer a presença do constrangimento parecia ser a melhor maneira de superá-lo. Mesmo assim, após mais alguns minutos sentindo o vento fresco gelar meu nariz e minhas bochechas e escutando o balançar das árvores, comecei a ficar inquieta.

- Nick. – chamei silenciosamente, como se estivéssemos fazendo algo errado.

- Sim? – ele respondeu, igualmente silencioso.

Virei a cabeça para encará-lo e vi que ele não estava me olhando de volta. Seus olhos estavam fechados, as mãos cruzadas por cima do abdome, os traços de seu perfil e as mechas de cabelo bem delimitados em contraste com a iluminação.

- O que estamos fazendo? – perguntei.

- Meditando. – respondeu ele.

Arqueei as sobrancelhas, mas tentei fechar os olhos e, de fato, meditar. Quando minha perna direita começou a latejar por ficar muito tempo dobrada, troquei de posição. Percebi então que não havia um grande número de possibilidades de posições para se ficar em uma espreguiçadeira e me sentei. Nick ainda estava deitado de olhos fechados, a imagem perfeita de calma e harmonia. Encarei-o com os olhos apertados tentando entender como atingir esse nível de tranquilidade. Ajustei o encosto da espreguiçadeira para ficar em posição horizontal e me deitei de novo. Desse jeito, meu pescoço começou a doer e eu me levantei novamente.

- Você é hiperativa? – perguntou Nick de repente, com uma voz divertida.

- O que? – respondi. - Não.

- Qual é o problema então?

- Diga alguma coisa. – pedi simplesmente.

Foi a vez dele arquear as sobrancelhas, mas permaneceu deitado.

- Minha mãe era alemã. - disse ele então, de maneira neutra. – Meu pai era brasileiro, mas mudou-se pra Santiago com seus pais quando era bem novo. Foi aqui que eles se conheceram. Ela veio como turista. Era pra ser apenas uma viagem de alguns dias, mas eles se apaixonaram. Algum tempo depois ela descobriu que estava grávida de mim. Ele a pediu em casamento. Ela não estava preparada. Assim que teve o bebê, voltou para a Alemanha.

- Nick... – murmurei.

Ele virou-se pra mim, sorrindo.

- Tudo bem. Eu nem a conheci e não sei se gostaria. – respondeu ele e realmente não parecia incomodado. – De qualquer jeito, meu pai tentou cuidar de mim com a ajuda de sua mãe, minha avó. Ele foi um bom pai. Do tipo que te ensina a jogar futebol e empina pipa com você nos fins de semana, sabe? Até perfeito demais, eu diria. Acho que ele queria provar algo pra alguém, ou para si mesmo.

Ele suspirou e desviou o olhar.

- Quando me formei, ele queria que eu fosse pra faculdade. – continuou. – Não gostava nada da ideia de eu ser músico. Era muito prático, muito objetivo. Então, brigamos.

Quando minha avó ficou do meu lado, ele sumiu. Algum tempo depois, recebemos a notícia de que tinha morrido. Acidente de carro. Estava dirigindo bêbado.

Ele levantara-se e andara até a beirada da piscina, onde tinha tirado os sapatos e colocado os pés dentro d'água. Quando ele não voltou a falar, sentei-me ao lado dele, sentindo a água gelada cobrir meus pés.

- Que idiota. – murmurou ele, bufando. – Você me pede para dizer algo e eu despejo meu passado sombrio em você. Desculpe.

- Há quanto tempo ele morreu? – perguntei, ignorando-o.

Nick mordeu o lábio inferior.

- Alguns meses. – respondeu.

Encarei-o, observando os traços de seu rosto e a sua postura de ombros encolhidos. Ele parecia tão pequeno, quase como se quisesse se tornar invisível. As mãos estavam em punhos, as juntas dos dedos empalidecendo com a tensão.

- Não foi culpa sua. – falei firmemente.

Ele assentiu.

- Acho que sei disso. – falou. – Mesmo assim sinto que agora tenho que conseguir fazer algo com música. Mesmo que seja só pra ajudar minha avó a pagar as contas.

- Não faça algo que não tenha certeza para garantir algum tipo de aprovação dele. Se não conseguir, que seja porque não quer mais, que seja porque mudou de ideia, e não se sinta mal por isso. – eu disse com mais convicção do que realmente tinha. - Você tem que achar um equilíbrio entre se manter verdadeiro a quem você é e aceitar que sua definição de "eu" está em constante mudança.

Ele sorriu com o canto da boca e me encarou, os olhos verdes brilhando.

- Você deveria escutar seus próprios conselhos. – murmurou.

Franzi as sobrancelhas e revirei os olhos.

- Provavelmente. – admiti.

- Como nossas conversas sempre tomam um rumo tão negativo?

- Acho que somos pessoas meio distorcidas, a visão pessimista acaba se instalando. – respondi, rindo.

- Acho que todo mundo é um pouco distorcido. – disse ele, encarando-me.

- Podemos cantarolar. – sugeri. – É coisa de gente não-distorcida.

Ele riu, mas concordou e começou a cantarolar. Não sabia exatamente o que, mas reconheci o ritmo e me juntei a ele, balançando os pés dentro da piscina e sentindo o vento gelar meu rosto novamente.

- Ei! Estranhos! – ouvi uma voz irritada chamar, e me virei para ver Valentina na porta do celeiro com as mãos nos quadris, parecendo uma modelo. – Nick, você tem alguma intenção de participar do ensaio de hoje ou vai ficar cantando com sua amiga?

- Foi mal, Val. – respondeu ele, virando o rosto para fazer uma careta pra mim. – Parece que temos que ir agora.

- Na verdade, – respondi, levantando-me. – Preciso ir pra casa. Vou só pegar minhas coisas.

Quando entramos no celeiro, Valentina revirou os olhos ao nos ver e Benjamim pulou no palco e tocou alguns acordes no teclado. Sofia o acompanhou na bateria.

- Vai ficar para o show, Celina? – Ben gritou por cima do barulho.

- Não. –respondi, pegando minha bolsa no sofá. – Tenho que ir. Meu pai deve estar se perguntando onde estou.

Então me virei para Nick e sorri.

- Te levo até o portão. – disse ele, abrindo a porta.

- Não precisa. – murmurei. – Suba logo nesse palco antes que Valentina te arraste até lá.

Ele riu e passou as mãos pelos cabelos.

- Certo. Então, até... – interrompi-me quando percebi que não havíamos combinado nada e não havia razão para que nos víssemos novamente. Antes que eu pudesse me sentir constrangida, Sofia se intrometeu.

- Amanhã! – gritou ela e sorriu amarelo. – Foi mal. Amanhã vamos comer pizza. Venha com a gente.

- Hã... – balbuciei, em dúvida se seria realmente bem vinda ou se estaria ultrapassando um limite.

- Ela está certa. – disse Nick, antes que eu pudesse protestar. – Quinta é dia da pizza.

- PIZZA, CELINA! – gritou Benjamim novamente.

- Até amanhã, então. Eu acho. – falei, rindo. – Tchau.

Abri a porta e acenei para Nick, já em cima do palco, segurando o violino.

- Oba, Celina vai comer pizza com a gente. – foi a última coisa que ouvi Valentina murmurar, sarcástica, antes de fechar a porta atrás de mim.

CAPÍTULO 8

Quando finalmente cheguei ao hotel, meia hora mais tarde, meu pai fez um pequeno interrogatório sobre onde e com quem eu tinha estado. Pensei em incluir Lorena em minha mentira, mas parecia forçado demais. Por um segundo, considerei contar a verdade, mas também não era o que eu queria. Essa parte secreta e nova de minha vida parecia interessante demais para ser contada ao meu pai. Por algum motivo, queria mantê-la secreta e nova, como algo só meu, intocável e simples. Acabei dizendo que tinha andando por aí e tomado um lanche, aproveitando para entregar a ele o bolinho que a moça do café tinha me dado, o que fez com que ele parasse de me questionar. Quando perguntei se podia sair para comer com Lorena na noite seguinte, ele apenas assentiu.

Acordei cedo no dia seguinte e liguei o computador para esperar meu pai para que pudéssemos tomar café juntos. Abri rapidamente as cinco abas habituais das faculdades, checando uma por uma. Um anúncio na última dizia que o resultado já estava disponível. Cliquei rapidamente, as mãos tremendo levemente ao digitar meus dados. Fechei os olhos e soltei um longo suspiro enquanto a página carregava. Quando os abri novamente, analisei todo o relatório, mas foquei em apenas uma palavra: REPROVADA.

Senti o peso no estômago e a pressão por trás das pálpebras ao encarar insistentemente as letras vermelhas e brilhantes, torcendo para que minha força de vontade fosse o suficiente para fazer com que elas desaparecessem.

- Bom dia. – ouvi meu pai murmurar da cama ao lado e fechei o computador com um estalo, virando o rosto para o lado da janela.

- Bom dia, pai. – respondi com a voz controlada.

Enquanto ele usava o banheiro, abri as cortinas e encarei a luz forte do sol, sentindo as lágrimas silenciosas rolando pelas bochechas e o nó na garganta se intensificando. A decepção era tanta que eu podia quase tocá-la, senti-la, com as pontas dos dedos. Tentei me lembrar que ainda restavam opções, que aquela faculdade nem era uma das minhas primeiras escolhas. Mesmo assim, eu estava sem esperanças. Duas rejeições em uma mesma semana pareciam um sinal de que, talvez, não fosse pra ser. Tudo que eu queria era voltar para debaixo das cobertas e sentir o sono me levar.

Quando meu pai voltou para o quarto, sequei as lágrimas rapidamente e comecei a arrumar a cama. Eu teria que contar para ele eventualmente, mas esse não parecia o momento certo. Talvez não houvesse um momento certo. Mesmo assim, eu não estava prestes a arruinar nossa recém adquirida harmonia para que ele pudesse refazer seu discurso sobre minha falta de opções.

Fiquei em silêncio durante todo o café da manhã, e, por sorte, meu pai não pareceu se importar. Ele estava cheio de trabalho, recebendo ligações de fornecedores e assinando documentos. Assim que voltamos para o quarto, arrumou uma pequena mala e saiu rapidamente, sem dizer quando voltaria.

Quando a porta se fechou com um pequeno clique, o quarto ficou em silêncio e eu sentei na cama, encarando meu reflexo no espelho pequeno na parede. Se eu aparentava tão vazia quanto me sentia, não poderia dizer. Os cabelos estavam presos em um coque alto e bagunçado; os olhos pareciam caídos sem o rímel e com as sobrancelhas claras quase sumindo. Mordi os lábios com força e assisti enquanto eles ficavam marcados de branco e então vermelho.

Pelo que me lembrava, eu achava ter ido bem naquela prova específica. Tinha sido uma das mais fáceis. Na escola, eu costumava saber quando tinha me saído bem e quando devia me preparar para uma nota vermelha. Essas eram muito raras, pois eu era uma aluna exemplar. Pelo jeito, isso não se aplicava a vestibulares. No final das contas, eu parecia não poder ter certeza de nada. Não devia me surpreender que as pessoas continuassem insistindo em me questionar sobre minhas decisões. A verdade é que eu não sabia mais quem era, ou se já havia realmente sabido em algum momento.

Pelo resto da manhã, passei pelos canais na TV sem realmente assistir nada. Acabei pedindo o almoço no quarto, desanimada demais para sequer descer até o restaurante. Gastei horas na cama, encarando a tela brilhante de meu celular, trocando mensagens com Nick, Lídia e Bruno. Nick estava ocupado com os ensaios e com o trabalho. Eles tinham um show marcado para o fim de semana em um lugar novo, e estavam ansiosos. Lídia e Bruno tinham passado o dia organizando eventos de caridade. No final da tarde, eles me ligaram no Skype, querendo mostrar a decoração da festa daquela noite. Suspirei e tentei ajeitar o cabelo e o rosto para parecer apresentável antes de atender.

- Celina! – gritou Lídia assim que apareceu na tela. Seus cabelos estavam mais loiros que o normal e presumi que ela havia ido ao salão pintar especialmente para o evento. – Me diga se não está ficando fantástico?

Ela virou a câmera para o ginásio onde estava. Havia mesas de plástico com toalhas vermelhas e plantas muito verdes. Balões dourados estavam espalhados por todo lado, cercando as portas e pendendo das cestas de basquete.

- É a festa de natal adiantada do grupo de apoio. – comentou ela, animada.

- Grupo de apoio? – perguntei, confusa.

- Sim. – respondeu. – Para adolescentes com câncer.

- Você não tem câncer, Lids. – comentei, arqueando as sobrancelhas.

Ela revirou os olhos.

- Eu sei. – disse ela. – Mas eu me ofereci pra ajudar.

- Claro que ofereceu. – murmurei.

Então vi Bruno se aproximar da câmera, os cabelos muito negros e cacheados caindo sobre os olhos castanhos. Bruno era a definição de um garoto bonito, forte e surpreendentemente gentil. Ele encaixava-se no estereótipo físico de jogador de futebol americano, mas, na realidade, não era muito interessado de esportes. Ele abaixou-se com duas enormes caixas de enfeites nas mãos e abriu um sorriso.

- Ei, Cel. – disse ele. – Está na hora de você voltar. Lídia está me fazendo trabalhar o dobro para cobrir por você.

- Aposto que está. – respondi. – Fazer caridade é um tanto trabalhoso, não é?

Ele revirou os olhos.

- Líds, onde coloco essas caixas? – perguntou ele, virando-se para Lídia.

Ela deu uma olhada ao redor e apontou para o canto do ginásio, dando instruções. Ela esperou até que Bruno estivesse bem longe para virar-se para mim e sussurar de maneira desesperada.

- Estamos saindo! – disse ela, balançando as mãos do lado da cabeça.

Eu a encarei, surpresa. Eu sabia que Bruno era apaixonado por Lídia desde sempre, mas nunca havia imaginado que seria recíproco. Ela me encarava animada, esperando minha reação.

- Lídia, isso é ótimo. – murmurei, suspirando. – Quer dizer, é ótimo, não é?

- Sim! – respondeu ela, rindo. – Sim, é ótimo. Foi muito inesperado, mas, bom, parece funcionar. E ele é ótimo, tem me ajudado muito. Vamos sair pela terceira vez esse fim de semana... Ei! Espere um pouco, Cel. – ela saiu correndo. – Ei, não é assim que se pendura um enfeite de natal!

Encarei a bagunça do ginásio por alguns minutos, observando as pessoas correndo de um lado para o outro segurando coisas brilhantes, balões esvoaçantes e algumas pilhas de comida. Quase desejei estar lá. O ambiente caótico de organização de eventos era estranhamente aconchegante para mim, tendo participado de tantas comissões de eventos e ajudado Lídia com todos os seus projetos de caridade. De certa maneira, eles pareciam me lembrar de quem eu era. Suspirei, sabendo que haveria outras oportunidades para participar, e esperei que alguém se lembrasse de mim.

Foi Bruno quem apareceu primeiro e se sentou com o computador no colo.

- E aí? – disse ele, sorrindo.

Eu ergui as sobrancelhas, encarando-o.

- Ah. – murmurou. – Ela te contou.

- Finalmente conseguiu a garota, Bruno? – provoquei, mas abri um sorriso. – Parabéns.

Ele revirou os olhos novamente.

- E você não ajudou em nada. – respondeu ele, brincando. – Mas obrigado. Como está o Chile?

Dei de ombros, tentando parecer indiferente.

- Normal, acho. – por algum motivo, não estava no humor de falar sobre o Chile, ou meus novos amigos, ou sobre mim, realmente. Então, mudei de assunto. – Quando é a prova do ITA?

Como a pessoa sensível que era, Bruno captou rapidamente meu desejo de não ter que falar e se estendeu sobre as provas que ainda tinha pela frente, as dificuldades de seu cursinho, as expectativas para o ano que vem e as discussões constantes com seu pai. Ele já havia me contado a maioria das novidades, mas não me importei de ouvi-las novamente e ocupar meu tempo com os problemas de outras pessoas em vez dos meus. Bruno queria fazer Engenharia Aeronáutica no ITA desde sempre e era extremamente confiante de que conseguiria. Seu pai era excessivamente exigente e o pressionava demais, o que causava diversas brigas, mas não abalava sua confiança. Apesar de ser inseguro em diversos outros aspectos, em sua inteligência e raciocínio matemático ele confiava. Ele tinha me ajudado com diversas provas na escola, em troca de algumas dicas de redação.

Quando ele estava terminando de me contar um caso de sua irmã mais nova, Lídia voltou.

- Bru, você pode pegar as últimas caixas, por favor? – pediu ela. - Estão na sala dos fundos e o idiota do Lucas não consegue descobrir onde é.

Ele assentiu e acenou para mim enquanto se afastava.

- Foi mal. – murmurou Lídia, se posicionando na frente da tela. – Tem muita gente incompetente aqui, preciso ter paciência.

- Não é culpa das pessoas se elas não organizam dez eventos por semana, Lídia.

- Eu sei. – ela suspirou dramaticamente. – Tanto faz. Seu pai está aí?

- Não. – murmurei, balançando a cabeça. – Ele saiu cedo hoje.

- Suponho que você vai sair com seus novos queridos amigos? – disse ela, com um tom provocativo.

Revirei meus olhos, mas assenti.

- Quinta é dia de pizza, pelo jeito.

- Hmm, já gosto deles. – respondeu ela, fazendo anotações em uma prancheta. – Pelo menos você não está ficando sozinha. Deve ser um saco ficar presa nesse quarto de hotel nas férias.

- É. – concordei. – É bom ter uma distração.

- Admito que já estou com saudades da escola. – suspirou ela. – Estamos planejando um reencontro da turma no ano que vem.

- É uma boa ideia. – respondi, animada. Eu gostava da minha turma na escola antiga, e, apesar de não ter mantido contato com a maioria, gostaria de um reencontro.

- Deve ser tão esquisito. – comentou Lídia, franzindo as sobrancelhas. – Sabe, encontrar as pessoas com quem você passava o dia todo junto um ano mais tarde, todos com uma nova vida.

- Muita coisa muda em um ano. – murmurei, sentindo o peso de minhas palavras e imaginando onde eu estaria em um ano.

- Ainda acho difícil imaginar a vida fora da escola. – admitiu ela.

- Eu também. – concordei.

Após alguns minutos de silêncio, em que encarei intensamente a parede do quarto, ouvi Lídia fungar.

- Vamos manter contato, não é, Cel? – murmurou ela, com os olhos marejados. Lídia era muito emotiva, como eu, e eram incontáveis as vezes em que havíamos chorado juntas. Ao encará-la, senti as lágrimas brotando em meus olhos e o nó na garganta se apertar. – Quer dizer, não seremos aquelas pessoas que se afastam depois do Ensino Médio, certo?

- Claro que não, Líds. – sussurrei.

Eu e Lídia éramos amigas desde a sétima série, quando fomos as únicas da turma sem uma dupla para o trabalho de inglês e a professora acabou nos juntando. Uma semana mais tarde tínhamos descoberto inúmeros interesses em comum, incluindo uma obsessão com séries de comédia. Nas viagens de final de ano na escola, era com ela que eu dividia o quarto, e passávamos a noite sussurrando no escuro e torcendo para que a monitora não nos escutasse e nos mandasse ir dormir. Quando ela teve seu primeiro beijo com um menino nojento da oitava série, me ligou logo em seguida, depois de dispensar o garoto, reclamando que ele não tinha escovado os dentes. Então quando Bruno chegou à escola, um ano mais tarde, o acolhemos no nosso pequeno grupo. Éramos como os três mosqueteiros até o primeiro ano, quando eu mudei de escola. Mesmo assim, continuamos nos encontrando todos os finais de semana.

A verdade é que era impossível imaginar minha vida sem algum deles.

- Mesmo que você vá para uma universidade muito chique de artes e eu fique nessa cidadezinha pra sempre, - continuou Lídia. - Vamos continuar nos falando sempre, certo?

- Não vou pra nenhuma universidade chique, Líds. – murmurei, incapaz de conter a frustração em minha voz. – Não se preocupe.

- O que quer dizer com isso? – questionou ela, franzindo as sobrancelhas.

- Recebi outra rejeição. – murmurei, cutucando o canto da unha.

Ouvi-a respirar fundo.

- Celina, você não pode deixar que isso te desanime.

- Minha mãe estaria decepcionada. – sussurrei, sentindo minha cabeça latejar e massageando as têmporas.

- Cel... – começou Lídia com um tom de aviso.

- Esqueça. – eu a interrompi rapidamente, engolindo em seco. – Ei, você viu aquele cometa que vai passar na segunda à noite?

Ela suspirou, mas me permitiu mudar de assunto. Astronomia era mais um dos interesses que dividíamos e que era considerado estranho demais pelas outras pessoas no Ensino Fundamental. Eu me interessava muito, mas sabia apenas o que Lídia me ensinava. Um cometa como esse seria uma desculpa para dormirmos uma na casa da outra e acamparmos no quintal com o telescópio do irmão mais velho de Lídia.

- Sim. – respondeu, a animação retornando. – Queria que você estivesse aqui pra vermos juntas.

- Vou tentar ver do terraço do hotel.

Ouvi meu celular vibrar na mesa de cabeceira e me inclinei para ver a notificação de uma mensagem. Era Nick falando que eles passariam para me pegar às sete. Suspirei, desanimada para abandonar meu esconderijo nas cobertas e encarar o mundo.

- Preciso ir. – murmurei para Lídia. – Me arrumar para o dia da pizza.

Nos despedimos rapidamente e eu desliguei o computador. Então, fechei os olhos por alguns minutos, sentindo a brisa quente do lado de fora entrando pela janela e esquentando o quarto, antes de me levantar e me arrastar até o banho.

Enquanto vestia uma roupa, lembrei-me de meu combinado com Lorena e lhe mandei uma mensagem avisando que iria sair hoje. Para minha surpresa, ela não tinha planos com a banda e perguntou se podia se juntar a mim e aos outros. Franzi as sobrancelhas para o celular enquanto perguntava para Nick se ele se importava de eu levar uma amiga. Eu já me sentia um tanto estranha saindo com pessoas que mal conhecia. Lorena querer sair conosco parecia acrescentar uma dose de desconforto extra para a qual eu não estava preparada. Mesmo assim, quando Nick disse que estava tudo bem, pedi que ela me encontrasse na frente do hotel.

CAPÍTULO 9

Eu estava na frente no hotel, a bolsa apertada contra o peito e Lorena ao meu lado, andando de um lado para o outro. Um vento frio passava por entre minha blusa fina, e eu considerei correr no quarto para pegar um casaco. Já eram quase sete e meia e eu estava irritada com o fato de que Nick e os outros estavam atrasados. Suspirei, batendo os pés no chão na esperança de me esquentar enquanto varria os olhos pela rua em busca da familiar kombi amarela.

- Achei que vocês tinham combinado sete horas. – ouvi Lorena murmurar, mal humorada.

- Combinamos. – resmunguei de volta.

Tínhamos ficado em silêncio desde que ela tinha chegado, ambas mais confortáveis sem palavras e ela, pela primeira vez, sem insultos.

- Bom, seus amigos estão atrasados. – ela bufou.

Nesse momento, alguém estacionou uma kombi amarela abruptamente no passeio do hotel. A cabeça de Benjamim apareceu na janela, acenando e nos mandando entrar. Então a porta de trás se abriu, revelando Sofia e Nick no banco de trás. Ambos abriram largos sorrisos pra nós e eu apresentei Lorena rapidamente enquanto me acomodava em um dos longos bancos de couro, jogando papéis, embalagens antigas e alguns livros didáticos para longe.

- Desculpe o atraso. – disse Sofia, com uma expressão apologética. – Foi tudo culpa de Ben.

Lorena retorceu os lábios e franziu o nariz, encarando com nojo um copo da Starbucks muito velho e ainda com um resto de bebida.

- Vamos mesmo nessa lata-velha? – murmurou ela.

- Ei! – gritou Valentina do banco da frente, encarando-nos pelo espelho retrovisor. – Se não gosta do Pikachu, você pode ir a pé!

Lorena me encarou e arqueou as sobrancelhas.

- Pikachu? – resmungou ela, baixinho.

- Ele é amarelo. – respondi, dando de ombros e me divertindo com o modo como Valentina tinha lidado com os insultos de Lorena.

Valentina dirigia como se estivesse em uma pista de corrida. Da última vez, achei que era a pressa para chegar em casa, mas mesmo agora, com a expressão tranquila e a voz acompanhando o rádio, o pé pisava com força no acelerador. Pikachu era jogado de um lado para o outro a medida que ela fazia curvas e ultrapassagens, e eu me segurei no banco, as juntas dos dedos empalidecendo. O vento entrava violentamente pelas janelas abertas, jogando meus cabelos para todos lados e gelando meu rosto. Lorena tinha começado a conversar com Sofia, e Valentina e Benjamim discutiam incansavelmente sobre qualquer coisa. Quando paramos em um sinal vermelho, Nick sorriu e passou para o banco de trás, sentando-se ao meu lado.

- Você está bem? – perguntou ele. – Parece que vai vomitar.

- Obrigada. – respondi, sarcástica, revirando os olhos. – Estou bem.

Ele parecia especialmente feliz, sem qualquer traço de tensão nos ombros, o rosto relaxado e os olhos verdes brilhando. Não pude evitar sorrir enquanto o encarava. Ele era realmente bonito. Não o tipo de beleza dos jogadores de futebol, como Bruno, ou dos garotos populares da escola, mas algo diferente. O cabelo era desgrenhado demais, os olhos grandes demais, os contornos acentuados demais, os ombros magros demais. De alguma forma, a combinação era desconcertante.

- Escrevi uma música nova hoje. – compartilhou ele animadamente.

Ergui as sobrancelhas. Eu havia imaginado que ele provavelmente tinha suas próprias composições e partituras, mas ele nunca tinha comentado, e me parecia algo pessoal demais para se perguntar.

- Eu não tinha escrito nada desde que meu pai morreu. – continuou ele, ainda de maneira leve, apesar de o assunto ter tomado um rumo pesado. – Mas hoje peguei a caneta e o violino e compus algo novo. Algo bom. Bem, pelo menos me parece bom.

- Tenho certeza que é. – respondi. – Isso é ótimo, Nick.

Ele abriu ainda mais o sorriso, os olhos fixos nos meus.

- Sim. – concordou. – É ótimo. Vou colocar no meu CD para entregar aos empresários.

- Que empresários? – indaguei, perguntando-me se ele realmente podia ter tido uma oportunidade dessas da noite para o dia.

- Os empresários que vou encontrar, - disse ele, sério. – Algum dia.

Eu ri, desviando meu rosto para a janela quando a van voltou a se mover. O vento forte no rosto ainda era um pouco desconfortável, como pequenas agulhas de gelo entrando em minha pele, mas não me importei e encarei o lado de fora. As construções passavam rápido, como borrões, e as luzes se misturavam umas as outras, formando o que parecia com uma enorme linha de fogo. Desejei estar de volta na casa de Sofia, onde não havia luzes urbanas e eu podia ver as constelações, e elas eram as únicas coisas com as quais eu devia me preocupar em entender.

- Você está quieta. – comentou Nick. – Tem certeza que está tudo bem?

Nada está bem, pensei, *nada está bem e eu não consigo resolver*. Mas Nick não tinha nada a ver com isso e o momento de tranquilidade parecia bom demais para estragar.

- Tenho. – respondi, voltando a olhar para ele. – Então, onde é essa pizzaria?

Benjamim riu no banco da frente e eu o encarei sem entender.

- Você sabia, - começou Nick, divertido. – Que você pode pedir pizza no seu carro?

De fato, alguns minutos mais tarde, estávamos em um enorme estacionamento no meio da cidade, agora praticamente vazio, com quatro pizzas quentes e de sabores variados colocadas no painel de Pikachu. Pelo jeito, era muito fácil pedir uma pizza para um estacionamento. A única informação que nos pediram foi a placa do carro e o endereço, de maneira natural, como se recebessem esse tipo de pedido todos os dias.

- Pizza em um estacionamento. – murmurou Lorena. – Não acredito que foi para isso que saí de casa.

- Bom, você não precisava ter vindo. – replicou Valentina com a boca cheia. – Você nem foi convidada.

As duas tinham se provocado desde o momento em que saímos do carro, mas, de alguma maneira, pareciam lidar bem com as ofensas uma da outra. Elas tinham descoberto muitas coisas em comum, incluindo um prazer inevitável em me provocar.

- Aposto que essas coisas não acontecem no Brasil, não é, Celina? – perguntou Benjamim, deitado no teto do carro.

- Bom, admito que pizza no estacionamento é novidade. – respondi. – Mas nós temos algumas coisas bem legais.

- Tipo? – perguntou Lorena, desdenhando e me encarando com as sobrancelhas arqueadas.

- Bom, já ouviram falar de coxinha? – perguntei. - Brigadeiro? Pão de queijo?

- Não parece nada incrível. – comentou Valentina, como se estivesse entediada.

- Porque você nunca provou. – retruquei, na defensiva.

- Nick, você é metade brasileiro. – disse Sofia. – Dê o veredicto.

Nick suspirou. Ele estava sentado no chão, as costas apoiadas na roda da kombi.

- Nunca provei nada disso, então não posso opinar. – respondeu ele, dando de ombros.

- Você é uma vergonha para o país. – exclamei dramaticamente e pulei para dentro do carro para pegar outro pedaço de pizza.

- Conta mais. – pediu Nick quando voltei. – Sobre o Brasil.

Sentei ao seu lado encostada na kombi e mordisquei a pizza, respirando fundo enquanto pensava no que dizer. Tudo que eu pensava me parecia normal, como se fossem características inatas da vida, de maneira que seria estranho colocar em palavras. Eu sabia que as diferenças culturais eram imensas, como em qualquer país, mas minha vida toda eu tinha vivido em meio a essas duas culturas. Pra mim, elas haviam andado sempre juntas, como que mescladas.

- Sempre morei em uma cidade pequena, no interior. – comecei, enquanto os outros me encaravam com expectativa. – Estudei de tarde até a quinta série, e então de manhã. Foi uma adaptação difícil já que eu amo dormir. Tínhamos aulas de inglês e espanhol na parte da tarde. Depois das aulas, costumávamos tomar açaí em uma sorveteria ao lado da escola. Gostava de chegar em casa no final da tarde, quando meus pais já tinham terminado de trabalhar e nos sentávamos á mesa para jantar. Nos fins de semana, quando mais novos, eu e meus amigos íamos ao shopping. Não havia realmente nada para fazer, a não ser comer, mas ficávamos lá até as onze da noite, quando o shopping fechava e nós éramos expulsos para o estacionamento.

Percebi que todos me observavam, absorvendo minhas palavras como se fossem extremamente fascinantes, de uma maneira totalmente desconhecida.

- Quando crescemos, começamos a ir a casas de show, mesmo não sendo maiores de idade. Meus pais ficaram loucos quando essa fase começou. Cada dia abria um lugar novo, que se fecharia em alguns meses, pois as pessoas se cansavam rápido das novidades. Nos domingos visitávamos nossos avós e comíamos mais do que podíamos aguentar. – sorri. – Celebrávamos todo tipo de feriado na escola. Carnaval, páscoa, natal, festa junina...

- Festa junina? – indagou Benjamim do alto.

- Um tipo de celebração de santos. – expliquei. – Nos vestíamos com roupas especiais e dançávamos na quadrilha.

Era uma confusão todo ano, pois tínhamos que escolher um par para a dança.

- Parece o carnaval. – comentou Valentina.

- Bom, é diferente. – tentei esclarecer. - No carnaval podemos nos fantasiar de qualquer coisa, e é uma festa sem regras, nas ruas. É divertido. Minha mãe costumava me levar para a praça local onde havia o carnaval das crianças.

Encarei o pedaço de pizza na minha mão e suspirei antes de dar outra mordida, concentrando-me no gosto do queijo derretendo em minha boca. As memórias de minha infância tinham uma atmosfera doce e alegre, com um toque insuportável de saudade.

- Vocês se conhecem há muito tempo? – perguntou Sofia, referindo-se a mim e Lorena.

Nós nos encaramos por um segundo de estranheza.

- Desde que éramos pequenas. – respondi. – Somos primas muito distantes.

- Acabamos brigando por um tempo. – completou Lorena, indiferente.

- Por que? – perguntou Ben, curioso. Sofia bateu em seu ombro e ele reclamou, quase caindo do topo da kombi. – O que? É um segredo?

- Lorena era metida e arrogante. – respondi com a mesma indiferença. – Era um conflito inevitável.

- Porque Celina era um princesinha. – retrucou ela, com verdadeira amargura. – A filha perfeita. O modelo de educação e beleza.

O tom realmente ofendido de sua voz me fez levantar a cabeça. Ela estava com os lábios apertados, encarando o chão. Quando percebeu o olhar de todos sob si, levantou os olhos azuis e deu de ombros.

- É verdade. – murmurou. – Meus pais sempre quiseram que eu fosse como você.

Fixei meus olhos nela enquanto compreendia, surpresa, o motivo real do por que Lorena não gostava muito de mim. Eu não era nem de longe a filha perfeita, mas era verdade que, quando pequena, fazia o máximo pra ser. Obedecia cada ordem de meus pais, vivia para agradá-los, especialmente minha mãe. Comentários sobre minha obediência e educação sempre eram feitos, mas nunca imaginei que eles poderiam afetar Lorena, que sempre tinha sido mais imprudente e descontrolada. Era estranho que, de certa maneira, ela me invejasse por ser obediente enquanto eu a invejava por ser tão autêntica.

- Sinto muito. – murmurei. – Sabe, por ser uma filha perfeita, modelo de educação e beleza e blablabla.

Ela revirou os olhos.

- Bom, não era sua culpa.

- A obediência é superestimada. – afirmou Valentina, firmemente, encarando Lorena. – Princesas também. Pessoalmente, eu sempre preferi os mais rebeldes.

- Bom, isso não é nenhum segredo, Val. – comentou Nick, balançando a cabeça e tomando um gole de sua lata de refrigerante. – Você sempre escolhe os mais descontrolados.

- E você as mais perfeitinhas. – retrucou Valentina, fazendo um gesto com as mãos em minha direção.

Mordi com força minha pizza, sentindo as bochechas queimando de vergonha e tentando ignorar a risada baixa de Ben, Sofia e Lorena. Ao meu lado, Nick se moveu para jogar a latinha vazia em Valentina. Ela desviou rapidamente e mostrou a língua suja para ele, enquanto a latinha quicava e rolava até o outro lado do estacionamento.

Sofia, sempre tentando mediar os conflitos, virou-se para Lorena.

- Então você também faz parte de uma banda? – perguntou alegremente.

- Sim. – ela assentiu, confirmando.

- Nós também. – continuou Sofia. – Digo, todos nós fazemos parte de uma banda.

- Legal. – respondeu Lorena, parecendo verdadeiramente interessada. - Que tipo de música vocês tocam?

- Todo tipo de música. – respondeu Benjamim. – Do clássico ao rock.

Lorena arqueou as sobrancelhas.

- Não é confuso? – perguntou.

- Eles não tocam da maneira usual. – comentei. – Nick toca o violino, Valentina o violoncelo, Benjamim o teclado e Sofia a bateria.

- Sem vocais? – questionou.

- Instrumental é tão melhor. – respondeu Valentina. - Pra que um monte de vozes se intrometendo e fazendo barulho?

- Eu sou a vocalista principal da minha banda. – disse Lorena, com cara de ofendida.

- Oh. – murmurou Valentina. – Que legal, então. Vozes são demais.

Eu sorri, observando-as. Elas eram tão parecidas e, ao mesmo tempo, tão diferentes.

- Então o violino é seu? – indagou Lorena para Nick, apontando para o violino no banco de trás da kombi. Ele assentiu. – Toque alguma coisa.

- É, Nick. – concordou Valentina com um tom provocativo. – Encante-nos com seu talento.

Nicolas revirou os olhos, mas levantou-se e pegou o violino, posicionando-se. Ele encarou o céu por um momento antes de começar a tocar. Reconheci imediatamente as notas e o ritmo, visto que os escutava o tempo todo. Nicolas tocou uma versão mais curta, mas igualmente maravilhosa, de olhos fechados. Os sons do violino preencheram o lugar e ressoaram pelo estacionamento, e então, pararam abruptamente, deixando um silêncio agudo e seco. Ele abriu os olhos e me encarou, sorrindo.

- *Pais e Filhos.* – eu disse, devolvendo o sorriso. – Legião Urbana.

Ele concordou, parecendo satisfeito.

- Meu pai costumava colocar o CD deles pra tocar o tempo todo. – explicou.

Eu suspirei, encarando-o.

- Você não é uma vergonha tão grande, afinal. – respondi.

Nick riu e começou a tocar novamente, os ombros balançando conforme o ritmo das músicas, enquanto nós escutávamos em silêncio. Então, Benjamim pulou do teto da kombi e estendeu a mão para Sofia, que estava sentada no chão. Ele a puxou para que ficasse em pé e os dois começaram a dançar de maneira desengonçada e rápida, como uma valsa desgovernada. Nick continuou tocando. Em alguns minutos, estávamos todos dançando no estacionamento, pulando ao redor de Pikachu. Provavelmente, se alguém nos visse, chamaria a polícia.

Pelo que observei, Nicolas tinha sido muito modesto com relação ao seu conhecimento de músicas brasileiras. Ele tocou músicas antigas e atuais, de MPB ao funk. Enquanto isso, eu e os outros parávamos para respirar apenas nos intervalos entre as notas, esperando ansiosamente o próximo ritmo para que pudéssemos voltar a pular.

Lorena mostrou-se uma ótima dançarina, e fez questão de exibir seus talentos, dançando com Valentina. Benjamim e Sofia começaram a girar em círculos, quase caindo. Algum tempo depois, gritei para Nick para que se juntasse a nós. Ele então largou o violino e colocou uma música para tocar no celular, que soou baixo depois do som forte do instrumento ao vivo. Mesmo assim, continuamos a dançar, e ele pegou minha mão e balançou meus braços, girando e pulando com os outros.

Passaram-se muitos minutos até que enfim a playlist de Nick acabou e nós nos espalhamos no chão, respirando ofegantes. Todo meu corpo emanava ondas de calor e cansaço, enquanto sentia o chão frio e duro do estacionamento contra minhas costas. Estava cansada e sem ar, mas sentindo-me mais viva que antes, como se meus pulmões tivessem se lembrado de que precisavam respirar, meu coração, de bater, e meus neurônios, de sentir.

- Vocês são loucos. – murmurou Lorena, respirando fortemente.

Quando eles me deixaram em casa já eram quase onze horas e meu pai não estava no hotel. Se ele estivesse, talvez eu teria considerado contar pra ele sobre minha noite incrível e como, pelo menos nesse momento, eu me sentia inteiramente eu. Então me lembrei de que teria que contar também que recebi outra rejeição, e isso me lembrava de tudo que eu não conseguia ser.

CAPÍTULO 10

Quando acordei na manhã seguinte, resolvi ir ao shopping. Era algo que eu sempre fazia quando vinha a Santiago e ainda não tinha feito desde que tinha chegado. Pensei em convidar alguém para ir comigo, mas quando conversei com os outros, todos pareciam muito ocupados. Nick já tinha me contado que trabalhava em uma loja de computadores, e que, por mais que odiasse, o salário era bom. Ele parecia estar muito ocupado com isso e com os ensaios, além de ter começado a ajudar sua avó na loja de tecidos. Sofia e Ben estavam tendo provas a semana toda na escola, e passavam os dias estudando juntos. Pelo jeito, Benjamim tinha tido um péssimo ano escolar e tinha que se esforçar muito mais se quisesse passar de ano, então Sofia estava o ajudando. Além disso, Valentina estava mais ocupada que nunca com seu estágio no hospital. Lorena nem sequer atendeu o celular.

Acabei vendo a solidão como algo positivo, visto que fazia algum tempo que eu não ficava realmente sozinha com meus pensamentos.

Quando cheguei ao shopping, vaguei sem rumo por vários minutos, observando as vitrines brilhantes e coloridas. A praça de alimentação já estava enfeitada para o natal, com pequenos pinheiros espalhados pelas mesas e luzes piscando nas janelas. Encarei as diversas figuras de Papai Noéis que tinham sido colocadas nos restaurantes como publicidade para atrair as crianças e resolvi sair dali.

Continuei meu passeio entrando em lojas aleatórias, provando roupas pelas quais nunca poderia pagar e observando móveis que eu não teria onde colocar. Encontrei uma enorme loja de decoração e me deitei em um sofá preto e macio com os pés pra cima, os olhos fixos no teto quadriculado, esperando que alguém resolvesse me tirar de lá.

Eu não sabia exatamente o que estava fazendo. Sempre gostei de ir ao shopping, mas hoje me sentia apenas incompetente, andando sem propósito pelas lojas. Sentia que havia algo mais que eu deveria estar fazendo, mesmo que não soubesse o que era. Todos pareciam estar fazendo algo. Talvez, finalmente, eu estivesse sentindo falta da movimentação proporcionada pela escola, o número absurdo de tarefas e as provas que me impediam de pensar na vida de verdade. Eu vivia esperando um tempo para pensar, mas, agora que tinha, parecia não saber *o que* pensar.

Voltei para o hotel quando uma funcionária da loja concluiu que eu não iria comprar nada e me expulsou de maneira educada. Por um tempo, sentei-me na recepção e observei as pessoas passando. Todas pareciam muito agitadas e concentradas em algo. Até mesmo a moça que limpava os vidros da janela parecia ter um propósito ao balançar a cabeça ritmicamente, com os fones de ouvido nas orelhas e a música num volume absurdamente alto. Quando cansei de observá-los, voltei para o quarto e assisti TV pelo resto do dia.

Meu pai avisou que demoraria a voltar, pois tinha tido algum tipo de problema na empresa com a produção. Ele disse que eu não devia me preocupar, que tudo seria resolvido em poucos dias e ele estaria de volta. De repente, eu tinha mais tempo sozinha do que gostaria.

Resolvi que não poderia ficar à toa pra sempre e, nos dias seguintes, acordei cedo e saí para correr no parque do bairro. Eu não era uma pessoa particularmente atlética e não corria com frequência, o que significava que eu me cansava rápido e suava muito. Mesmo assim, continuei correndo umas vinte vezes ao redor no parque, apostando corridas secretas com os cachorros e com as pessoas de bicicleta. Meus pulmões pareciam prestes a explodir todas as vezes que chegava ao final do meu percurso, e meu coração batia com tanta força que eu temia que ele fosse sair do peito. Era uma sensação horrível, mas continuei correndo, porque a sensação boa vinha depois, quando eu voltava para o quarto, tomava um banho gelado e me sentava na beirada da janela. Meus membros pareciam moles e a pele sensível, e era bom, por mais estranho que parecesse.

Um dia, enquanto corria, vi que algumas pequenas flores coloridas começaram a florescer ao longo de meu caminho. Parei para respirar enquanto as observava e então corri para o quarto para pegar minha câmera. Passei o resto do dia tirando fotos da nova e colorida paisagem, enquanto a maioria das pessoas passava por ali sem perceber as mudanças trazidas pelo verão. Por mais idiota que fosse, senti-me especial por ter notado. Naquela mesma noite, subi até a cobertura do hotel, onde havia uma piscina e algumas espreguiçadeiras. Por ser tarde, não havia ninguém ali. Então, ajeitei-me em uma cadeira, enrolando-me em uma coberta fina, e assisti a passagem do cometa. Ele era uma pequena bolinha de fogo brilhante, zunindo pelo céu, parecendo muito insignificante em meio a todas as outras estrelas, nuvens e o infinito.

Tive uma surpresa quando acordei no dia seguinte a minha sessão de fotos. Um email havia chegado e, dessa vez, notei as grandes letras em verde que diziam APROVADA. Uma onda repentina de alívio me atingiu, maior que qualquer tipo de felicidade. Encarei a tela brilhante por diversos minutos, sem reação, e fiquei com medo quando meu coração começou a bater com força, não por animação, mas por receio. Assim que eu fizesse a pré-matrícula online, minhas dúvidas iriam embora, pois não haveria mais o que decidir. Eu seria oficialmente uma estudante de Artes Visuais. E, de repente, eu não sabia se aquilo era algo a ser comemorado. Saí rapidamente para correr, focando-me em minha respiração em vez de em meu futuro.

Mandei minhas fotos do parque para Bruno. Ele era ótimo com edição e eu pretendia enquadrar alguma delas para colocar no meu quarto. Não contei a ele sobre minha aprovação, e nem para mais ninguém. Em vez disso, abri o computador e comecei a fazer incontáveis testes vocacionais. Perguntei-me porque não havia feito isso antes e não soube responder. Apesar de saber que os testes online não eram os mais confiáveis, continuei fazendo e vendo os resultados. Infelizmente, eles não apontavam um curso específico, e sim áreas de conhecimento ou uma variedade de cursos com os quais eu parecia me identificar. Fechei o computador quando vários dos testes começaram a indicar que eu seria uma ótima professora.

No meu quarto dia de corrida, testemunhei a filmagem de uma cena de novela. Pelo jeito, eu não era a única que havia notado as mudanças na paisagem. Pensei que minha mãe teria adorado presenciar algo desse tipo, sendo a cineasta amadora que era. Por ela, sentei-me em um banco e assisti todo o processo, mesmo que as vezes não houvesse muito o que ver além do reposicionamento de câmeras e a conversa entre os atores.

Quando meu pai voltou, no dia seguinte, ele estava falante, mas aliviado de ter conseguido resolver as complicações. Eu escutei pacientemente, esperando o momento que deveria contar a ele sobre minha rejeição, e então, minha aprovação. Em algum momento no jantar, enquanto ele falava ao telefone com alguém do trabalho, resolvi que não contaria. Eu sabia que sua reação me influenciaria a aceitar ou não a vaga, e tinha chegado à conclusão de que essa decisão devia ser somente minha, mesmo que eu não soubesse o que decidir.

Deitei-me aquela noite com um senso de satisfação e fiquei acordada por muito tempo, os pensamentos muito ativos. *Quem sou eu? Quem quero ser? Quem preciso ser? Quem me fizeram ser? Quem esperam que eu seja? Quem acho que esperam que eu seja?*

Fechei os olhos, sentindo-me como a Celina que não precisava pensar para ser, o que parecia uma grande mudança trazida pelo verão.

CAPÍTULO 11

O dia seguinte amanheceu quente, com o céu azul, o sol brilhando e as árvores balançando com a brisa fresca. Quando meu pai e eu terminamos de tomar café, ele saiu logo, pois tinha uma reunião com Luciano. Ele se sentia mal por ter me deixado tanto tempo sozinha, mas eu disse que não tinha problema, pois realmente não tinha. Como consolo, falei que eu já havia planejado um passeio pela cidade e ele pareceu acreditar que tudo estava bem. Corri até o quarto quando o vi entrar no táxi e troquei de roupa rapidamente, e então liguei para Nick.

- Bom dia. – murmurou ele, e eu escutei os barulhos de conversa no fundo. – Você acordou cedo.

- Você também. – respondi, entrando no elevador. – Está trabalhando?

- Estou na loja de tecidos. – respondeu ele. – Por quê?

Suspirei enquanto passava pelas portas de vidro da recepção, sendo recebida pelo calor. Então, corri para atravessar a rua e cheguei no parque já familiar, sentando-me em um dos bancos de ferro cercados de flores.

- Que horas você vai ficar livre? – perguntei, ansiosa.

- Posso sair daqui em dez minutos se você me disser o porquê. – respondeu ele.

Revirei os olhos, mesmo que ele não pudesse me ver.

- Bom, o dia está maravilhoso e eu percebi que não conheço os principais pontos turísticos de Santiago mesmo sendo metade chilena. – expliquei.

- Você é uma vergonha para o país. – falou ele, imitando a maneira dramática como eu tinha falado no estacionamento.

Eu ri sozinha, observando as pessoas correndo ao redor do parque, da mesma maneira que eu tinha feito tantas vezes.

- Eu estava esperando que você pudesse me ajudar a melhorar. – respondi casualmente.

- Onde te encontro? – perguntou ele.

- Estou no parque ao lado do meu hotel. – respondi.

- Me dê vinte minutos. – ele murmurou e então desligou o telefone.

Vinte minutos mais tarde, vi-o de longe, atravessando a rua como uma criança irresponsável, correndo entre os carros e quase sendo atropelado por uma moto. Mesmo assim, chegou sorrindo ao meu banco, respirando ofegante.

- Vinte minutos em ponto. – falei, impressionada. – Sua avó não vai se importar de você ter saído da loja?

Ele deu de ombros e estendeu a mão, puxando-me para ficar de pé.

- É um trabalho voluntário, o que me dá algumas liberdades. – respondeu ele. - Vamos?

Eu arqueei as sobrancelhas.

- Vamos onde, exatamente? – perguntei. Nick começou a andar, soltando minha mão, e eu corri para acompanhá-lo.

- Primeiro, vamos para o metrô. – respondeu ele. – Depois, vamos à Bellavista.

No metrô, Nicolas foi comprar nossos passes e voltou com um mapa de turismo com todos os principais pontos turísticos e as linhas que devíamos pegar para chegar lá, mesmo que fosse claro que ele já sabia o caminho.

- Agora somos turistas de verdade. – disse ele.

Como eram quase onze da manhã, os trens ainda não estavam tão cheios e conseguimos um lugar para sentar. Eu nunca tinha gostado muito de metrôs, por serem embaixo da terra. A parte irracional de minha mente imaginava cenários apocalípticos em que o teto desabava sobre nós e todos morriam asfixiados, engasgando com barro. Quando comentei isso com Nick, ele riu, como se meu medo irracional fosse imensamente divertido.

- Eu tenho medo de derrubar algum líquido no chão do avião e causar um curto circuito que faça ele cair. – respondeu ele, então, e eu ri também.

Nossa primeira parada, como ele havia dito, era em Bellavista. Assim que saímos da estação Baquedano, atravessamos o Rio Mapocho e passamos pela movimentada Calle Pio Nono. Enfim, chegamos ao funicular que nos levaria ao topo do Cerro San Cristobal, entrando em um castelinho de tijolos. Na verdade, eu havia feito esse mesmo trajeto quando pequena, e subido ao topo da montanha com meus pais, mas não me lembrava de muito a não ser da subida divertida no trenzinho e então uma quantidade absurda de escadas. Nos sentamos nos últimos assentos disponíveis no funicular que sairia em seguida e começamos a subir a montanha, o sacudir do trem e as conversas dos outros turistas como os únicos sons enquanto atravessávamos as copas das árvores. No meio da floresta era muito mais fresco, e eu fiquei em silêncio, observando o mundo se expandir a medida que ficávamos cada vez mais altos.

O funicular nos levava até um tipo de terraço com barracas de sorvete e lojas de lembrancinhas. Apesar de não estarmos ainda realmente no topo, a vista já era de tirar o fôlego. Pude ver a cidade toda, as montanhas distantes da

Cordilheira dos Andes com pequenos pontos de neve no alto e a área verde que nos cercava. Enquanto eu me sentava no muro, balançando os pés, Nick parou em uma barraquinha e voltou com uma bebida estranha nas mãos. Era um líquido alaranjado, com bolinhas no fundo e uma enorme massa amarela no meio.

- O que é isso? – perguntei quando ele me entregou o copo de plástico.

- *Mote con Huesillos.* – ele respondeu. – Prove.

- Algo com pêssegos? – murmurei, ainda suspeita. – O que mais tem aqui?

- Prove e descubra. – insistiu ele.

À contragosto, tomei um gole da bebida, sentindo um sabor muito doce invadir minha boca. De uma maneira estranha, era um tanto refrescante. Com a colherzinha do copo, provei as bolinhas no fundo, que eram parecidas com sementes.

- É bom. – respondi ao seu olhar cheio de expectativa. – Esquisito, mas bom.

Ele sorriu.

- É uma bebida típica chilena, muito comum no verão. – disse ele. – Preparada com água de caramelo, trigo cozido sem casca e pêssego desidratado. Minha avó coloca um ingrediente secreto que é incrível.

- Você realmente incorporou o guia turístico. – comentei, esvaziando o copinho.

Ele assentiu, estufando o peito com orgulho, e então começamos a subir as longas escadarias que levariam ao topo da montanha e à enorme estátua da *Virgen de la Inmaculada Concepción*. A vista lá de cima era ainda mais estonteante e quase em 360 graus. Sentamo-nos nos degraus aos pés da estátua, como se estivéssemos no topo do mundo. Lembrei-me da primeira vez que estive ali, quando era tão pequena que não conseguia ver a vista por cima na mureta.

Parecia que podíamos ir a qualquer lugar, uma vez que estávamos ali. No ponto mais alto que eu já havia estado, com o céu azul sem nuvens nos cercando e a cidade toda aos nossos pés, coberta por uma névoa densa. Corri os olhos pela paisagem, com um sentimento inexplicável de liberdade e pertencimento.

Senti o vento balançar meus cabelos mais uma vez antes de me levantar e chamar Nick.

- Vamos. – falei, começando a descer as escadas.

- Já? – perguntou ele, acompanhando-me. – Você não gostou?

Olhei pra ele de baixo, a estátua por trás de seus cabelos castanhos.

- Se ficar aqui tempo demais, vou começar a achar que consigo voar. – respondi, e continuei a descer.

Pegamos o funicular de volta e chegamos à entrada do parque. Seguimos então andando por Bellavista. O bairro era um tanto arborizado, claro e colorido. Havia paredes grafitadas e com pinturas excêntricas por todos os lados, e casas de todas as cores, com pequenas sacadas antigas.

Quando chegamos ao Pátio Bellavista, era quase uma da tarde e o lugar estava lotado de pessoas almoçando, o que era justificado pela enorme variedade de restaurantes. Cada um deles possuia um estilo único e particular e um cardápio variado de comidas nacionais e internacionais. Passamos pelas lojas de souvenirs, cheias de chaveiros, máscaras de tribos chilenas, pequenas lhamas de brinquedo e artesanato local. Como nenhum de nós dois tinha muito dinheiro, almoçamos no McDonalds dentro do Pátio, aproveitando o clima agitado do local. Uma banda ao vivo tinha começado a tocar em um restaurante próximo, então, depois de comer, sentamos na beirada de uma fonte para escutar e tomar um sorvete.

- Faça um pedido. – disse Nick, apontando para as moedas que eu tinha recebido como troco.

Encarei-o sem entender.

- Jogue a moeda na fonte. – explicou ele, lambendo seu sorvete. – E faça um pedido.

- Você também. – respondi e entreguei uma das moedas a ele.

Contamos até três e jogamos juntos as moedas na fonte. Elas caíram com um estalo e afundaram na água transparente, até chegarem ao fundo. Eu fechei os olhos com força, pensando no que pedir, mas tudo que senti foi o sol queimando meu rosto. O que eu não tinha e gostaria de ter? Quando não soube responder, suspirei. *Desejo viver,* pensei. Apesar de ser um pedido bobo, ele era abrangente o suficiente para me satisfazer de qualquer maneira. Quando abri meus olhos, Nick me encarava.

- O que você pediu? – ele perguntou, curioso.

- O que *você* pediu? – retruquei.

- Se eu te contar, não vai realizar. – ele respondeu, dando de ombros.

- Exatamente. – eu disse, sorrindo.

Ele revirou os olhos e então se levantou.

- Próximo destino? – perguntou e eu assenti.

Voltamos ao Parque Metropolitano para visitar *La Chascona,* a segunda casa de Pablo Neruda, construída no Cerro San Cristóbal. Ouvimos o ruído constante de água corrente enquanto estávamos na casa, que imitava um barco, com o teto baixo, as janelas pequenas e a sala de jantar em formato de navio. Os cômodos eram preenchidos por móveis e objetos de época, quadros decorativos relacionados ao oceano e até alguns artigos africanos.

- A casa foi batizada em homenagem à sua terceira esposa, Matilde Urrutia. – sussurrou Nick enquanto estávamos no museu. – "La Chascona" significa "decabelada".

Soltei um riso baixo.

- Muito lisonjeiro. – sussurrei de volta.

- *"Amo-te como se amam certas coisas obscuras, secretamente, entre a sombra e a alma."* – citou ele.

Eu o encarei com as sobrancelhas erguidas.

- Então você também gosta de poesia? – indaguei.

Ele deu de ombros com um sorriso torto.

- Poesia e música não estão muito distantes uma da outra, Celina.

Quando saímos da casa, já estava no final da tarde e as ruas estavam cheias. Nick não me contou onde iríamos em seguida, então deixei que ele me guiasse por entre a multidão de pessoas, observando o movimento da cidade. Andamos alguns minutos antes de chegar a uma nova estação de metrô, a Patronato, onde corremos para entrar no trem que estava prestes a sair. Descemos ao lado do Mercado Central, mas Nick me disse que não era esse nosso próximo ponto turístico. Não me importei, pois era um dos únicos lugares em que eu vinha com frequência com meu pai. Nós dois adorávamos frutos do mar, e o Mercado era um ótimo lugar para encontrá-los em uma variedade enorme de restaurantes.

Finalmente, após mais alguns minutos de caminhada, chegamos a Plaza de Armas. A praça era cheia de árvores e canteiros de flores, além de grandes esculturas de todos os estilos e mapas antigos no chão. Bancos de madeira espalhados pelo local estavam preenchidos por turistas, e diversas crianças corriam, brincando com a água das fontes. Avistei vários artistas de rua, desde pintores a músicos e humoristas. Os prédios novos e modernos contrastavam com a arquitetura dos edifícios antigos. Vi a Catedral, o Museu Histórico e o prédio dos Correios, todos pontos turísticos conhecidos, mas Nick não me guiou em direção a nenhum deles. Em vez disso, atravessamos a praça e paramos no seu centro, em meio as árvores, as crianças e os artistas, dois adolescentes perdidos e invisíveis no mar de pessoas e edifícios.

Nick abriu os braços, girando-os, como se apontasse para todos os lados ao mesmo tempo.

- Esse é o último lugar que vou te mostrar. – disse ele, sorrindo. – É o marco zero de Santiago. O ponto onde tudo começou. O ponto de onde partem todos os outros. Significa que você pode ir aonde quiser daqui.

Eu sorri de volta, encarando-o. Ele parecia saber exatamente do que eu precisava, exatamente como dizer o que eu gostaria de ouvir sem de fato precisar usar as palavras. Respirei fundo, sabendo que era minha vez de escolher o destino, de levá-lo a algum lugar. Fiquei em silêncio por vários minutos, e ele não pareceu se importar. Escutei o farfalhar das copas das árvores, a risada das crianças, as conversas dos adultos, o zumbido do vento, o ruído da água. Então, estiquei minha mão e peguei a dele, puxando-o em direção a estação de metrô.

- Venha. – falei. – Minha vez de guiar.

Voltamos ao bairro do meu hotel quando estava começando a escurecer, e eu corri, esperando que o lugar que queria ir não estivesse fechado ainda. Finalmente, chegamos a familiar portinha dourada e antiquada, com o sininho do topo, que tocou quando entramos. O lugar estava cheio demais para qualquer um escutar o som, então me espremi por entre as pessoas, tentando chegar ao balcão. O interior estava exatamente como eu me lembrava, as paredes pintadas de um tom suave de rosa, enfeitadas com brilhos coloridos e ilustrações.

- Uma loja de doces? – murmurou Nick. – Esse é o lugar que você queria me mostrar?

Revirei os olhos para ele.

- Ei, não julgue tão rápido! – retruquei, pegando um saquinho e entregando outro a ele.

Ele revirou os olhos de volta, mas pegou o saquinho de minha mão e começou a enchê-lo de balas, enquanto eu fazia o mesmo. Quando não havia mais espaço, pagamos por uma imensa variedade de doces coloridos e cobertos de açúcar.

- E agora? – perguntou Nick, seguindo-me por entre as estantes cheias de bolos e barras de chocolates expostos organizadamente nas prateleiras.

Saímos da loja e eu dei a volta, entrando em um pequeno beco vazio. Havia algumas caixas velhas no canto, e uma caçamba de lixo grande cheia de embalagens de doce. Peguei o pacote de balas dele e coloquei em minha bolsa, junto com o meu. Então, apontei para a escada de emergência grudada na parede.

- Me dá pezinho. – sussurrei.

Ele arregalou os olhos, mas sorriu.

- O que? – perguntou, divertindo-se.

- Me dá pezinho! – sussurrei, nervosa. – Você entendeu.

Ele riu e fez uma concha com as mãos, e eu consegui subir, agarrando com força na escada, que balançou. Hesitei por um segundo, com medo de ela cair, mas então continuei a subir. Meu estômago se revirou de nervoso a medida que eu ficava cada vez mais próxima do telhado. Era a primeira vez que fazia isso sozinha, sem minha mãe, e fiquei com medo de ser pega. Mas então cheguei ao telhado e vi que estava sozinha, sem o sinal de qualquer outra pessoa que pudesse me denunciar.

Cheguei na beirada e fiz um sinal para que Nick me seguisse.

- Vem! – falei. – E não caia!

Ele me encarou de volta, incrédulo, mas apenas sacudiu a cabeça e agarrou a escada, começando a escalar.

- Isso é permitido? – perguntou ele, ofegante, quando chegou ao topo. - Celina?

- Claro que não. – murmurei para ele. – Mas não estamos machucando ninguém.

- Só invadindo uma propriedade privada. – sussurrou ele.

- Certo, mas não vamos ser pegos. – sibilei de volta. – Sente-se aqui.

Eu havia me sentado na mureta do telhado que dava para a rua. A construção era alta o suficiente para que pudéssemos ver alguns quilômetros a frente. Os primeiros postes estavam sendo acesos, assim como as luzes nas janelas e os faróis dos carros. O céu continuava limpo, agora na cor de um azul arroxeado, mesclado com faixas alaranjadas. Mesmo com a chegada da noite, o ar continuava quente e denso, com brisas refrescantes balançando as árvores de tempos em tempos.

- Minha mãe costumava me trazer aqui quando eu estava triste, pois meu pai estava trabalhando demais. – expliquei, quando Nick se sentou ao meu lado. – Nós comprávamos todos os doces que quiséssemos, e subíamos aqui. Ela não me deixava sentar na mureta, claro. Sentávamos no chão, até que todos os doces acabassem e eu estivesse me sentindo melhor.

Por alguns segundos, ele apenas me encarou, aparentemente sem saber o que dizer. Mesmo que o assunto de morte já fosse comum entre nós, ele ainda parecia trazer uma atmosfera de estranheza. Então, Nick suspirou, e, quando o encarei, vi que ele sorria discretamente.

- Então a rebeldia é de família. – disse ele, e eu ri.

- Bom, não. – respondi. – Já concluímos que eu sou uma das perfeitinhas.

- Acho que estávamos errados sobre você. – disse ele, as sobrancelhas erguidas. – Seu pai sabe que você anda subindo em prédios?

Eu revirei os olhos, mas sorri. Então, ele se levantou e começou a me mostrar todos os lugares que conseguíamos ver dali, incluindo meu hotel, o parque ao lado dele, e o Sky Costanera. Do outro lado, vimos o bar, a sorveteria e a praça onde o vi tocar pela primeira vez. Depois, me mostrou ao longe o que parecia como um galpão, ou uma casa de eventos. O lugar ocupava um quarteirão inteiro e o estacionamento ao seu lado estava lotado de carros.

- Em alguns dias, - disse ele, suspirando. – Vai haver um baile ali. Um enorme baile com empresários de música internacionais e um show de talentos. É o melhor evento para se conseguir oportunidades. E é inacreditavelmente exclusivo.

Eu franzi as sobrancelhas, encarando-o.

- Um baile? – murmurei, lembrando-me dos convites colados no mural de Lorena.

Ele apenas assentiu, os olhos pensativos ainda fixos no horizonte, como se estivesse em algum outro mundo. Ponderei quantos bailes poderiam haver em uma só cidade.

- Lorena tem convites para um baile de talentos. – falei, chamando sua atenção.

Finalmente, ele virou-se pra mim com as sobrancelhas erguidas.

- A família dela deve ter muitos contatos. – murmurou, parecendo impressionado.

- E tem. – eu disse, animada, a ideia surgindo subitamente. – Mas ela não vai.

- Como assim? – perguntou ele, bufando.

- Ela não tem intenção de viver de música, acho que é mais um hobbie. De qualquer maneira, - suspirei. – ela tem dois ingressos sobrando, Nick.

Nick ergueu os olhos para mim, arregalando-os devagar à medida que compreendia o que eu estava sugerindo.

- E você acha... – começou ele.

- Lorena é imprevisível. – interrompi, não querendo que suas expectativas se elevassem demais. – Mas não vejo porquê ela recusaria em dá-los pra você. Vocês são quase amigos, acho. Ou algo assim.

Ele balançou a cabeça, esfregando os olhos e me encarando como se não pudesse acreditar.

- Esse baile não garante nada. – murmurou ele, mais para si mesmo que para mim. – Mas pode abrir muitas portas se eu encontrar as pessoas certas, se conseguir entregar meu CD...

- Vou perguntar a ela amanhã. – eu falei, rapidamente.

Ele abriu um largo sorriso, encarando o céu, e então virou-se pra mim. Os olhos verdes brilhavam, mesmerizados pela possibilidade.

- Seria incrível. – disse ele. – Obrigado.

Dei de ombros, mas sorri de volta.

- Não me agradeça ainda. – respondi.

Descemos do telhado antes que ficasse tarde demais e ele me acompanhou até o hotel. Então, acenou antes de desaparecer ao virar a esquina.

CAPÍTULO 12

No dia seguinte, meu pai, procurando se redimir por me deixar tantos dias sozinha, resolveu me levar para almoçar em algum lugar especial. Fomos a um restaurante muito chique, e ele me deixou pedir o que quisesse, inclusive uma sobremesa excessivamente cara. Então, quando tínhamos terminado de comer, paramos em um parque onde haviam várias esculturas e pequenas cachoeiras e nos sentamos em um dos bancos, debaixo das árvores de troncos grossos e folhas muito verdes. O dia estava muito quente, com o ar pesado e poucas nuvens, como um típico dia de verão.

- Nas férias, eu e meus primos sempre vínhamos brincar nesse parque. – comentou meu pai. – Escalávamos as esculturas, o que era proibido, claro. Nossas mães quase enlouqueciam.

Eu ri discretamente, olhando ao redor. Muitas crianças pareciam querer escalar as esculturas, mas os pais pareciam estar controlando-as bem.

- Você devia convidar Lídia pra vir com você pra cá. – disse ele, de repente. – Vocês poderiam sair e você não ficaria tão sozinha e entediada.

- Não estou entediada, pai. – murmurei suspirando. – Estou bem. Tenho saído com Lorena.

Surpreendi-me com o quão facilmente a mentira escapuliu de meus lábios.

- De qualquer jeito, - continuei. – Lídia não abandonaria seus projetos.

Meu pai sorriu.

- Ela continua com os projetos de caridade? – perguntou.

- Com certeza, eles tem ocupado suas férias todas.

- Isso é bom. – disse ele. – É difícil se ocupar depois da escola. É um momento de muita solidão.

Assenti, sem saber o que dizer, mas entendendo exatamente do que ele estava falando. Era como se antes sempre houvesse alguém comigo, sempre alguém com os mesmo problemas, sempre alguém que já tivesse passado por seja lá o que eu estivesse passando. Agora, era apenas eu, com minhas aflições particulares e imprevisíveis.

Aproveitei o momento de distração de meu pai para enviar uma mensagem para Lorena, perguntando se ela ainda tinha os convites do baile. Eu esperava que ela nos considerasse algo perto de amigas e não se importasse de eu começar a pedir favores.

- Ela já sabe pra onde vai? – perguntou meu pai, ainda se referindo a Lídia.

- Ainda não saíram os resultados. – respondi.

- Certo. – murmurou ele. – Eles demoram a sair, não é? É só pra deixar os pais mais ansiosos?

Revirei os olhos, empurrando-o de leve com os ombros.

- Não são vocês que ficam mais ansiosos, pai. – eu disse. – Somos nós.

- Claro, claro. – respondeu ele, balançando a cabeça. – Mas você não parece estressada demais.

Eu o encarei, novamente sem resposta. Eu estava estressada, mais estressada do que podia expressar. Meu estresse havia atingido um nível em que eu não conseguia mais reconhecê-lo ou controlá-lo. Eu havia passado da fase desesperada e ansiosa, e agora estava perdida na fase da veziez. Agora, era um sofrimento silencioso e exclusivamente interno.

- Isso é bom. – disse meu pai, rapidamente, quando captou meu olhar. – Fique tranquila. Confiante.

Apenas assenti, sem querer me aprofundar no assunto. Então escutei meu celular apitar e vi que Lorena tinha me respondido. Ela queria saber o que exatamente eu queria com seus convites. Suspirei e respondi, perguntando se ela estaria disposta a dá-los para Nick. Ela respondeu no mesmo instante, pedindo apenas que fôssemos até a sua casa mais tarde. Então, imediatamente, mandei uma mensagem para Nick com o endereço e combinando de nos encontrarmos para irmos à casa de Lorena receber, possivelmente, boas notícias. Afinal, se Lorena não tivesse a intenção de nos dar os convites, ela não se incomodaria em nos receber em sua casa.

- Luciano me disse que um cinema no centro está exibindo filmes antigos. – disse meu pai. – O que acha de irmos assistir a alguma coisa?

Hesitei por um segundo antes de responder, visto que tinha planejado me encontrar com Nicolas mais tarde. Mesmo assim, assenti, concordando e avisei a Nick que o encontraria na casa de Lorena. Eram raras as ocasiões que meu pai e eu podíamos fazer algo juntos sem sermos interrompidos por emergências de trabalhos, mas ele garantiu que hoje estava inteiramente livre. Ele parecia animado e feliz por finalmente poder passar mais do que apenas algumas horas comigo, e me parecia cruel negar-lhe esse pequeno prazer. Além disso, eu sentia falta dele.

Quando chegamos ao cinema, o filme em cartaz era *Os Caça- Fantasmas*, o que deixou meu pai imensamente feliz, já que esse era um de seus filmes favoritos. Já tínhamos assistido juntos diversas vezes, mas não foi um problema ver de novo.

Na sala de cinema, com meu pai gargalhando ao meu lado, senti que voltava a ter dez anos de idade, sentada no sofá vermelho e desgastado em casa, as cortinas fechadas e os pés cobertos por um grosso cobertor.

Saímos do filme quando já era o final da tarde e eu pedi que meu pai me deixasse na casa de Lorena. Quando chegamos ao enorme jardim, vi que o carro de Nick já estava estacionado do lado de fora do portão e senti meu estômago se revirar. Meu pai ainda não sabia sobre ele, e ele não sabia que nossos encontros tinham sido em segredo.

Lorena abriu a porta exasperada, fuzilando-me com o olhar, e então sorriu afetadamente para meu pai. Ela nos convidava para entrar quando Nick e Valentina apareceram no meio da sala de estar, vindos do lado de fora da casa.

- Luciano está na cozinha. – disse Lorena, rapidamente, tentando distraí-lo.

Mas meu pai tinha se distraído com as novas pessoas presentes e começara a cumprimentá-los.

- Então essa é sua banda, Lorena? – perguntou ele, sorrindo largamente.

- Não exatamente. – murmurou ela.

- Oi, Celina. – disse Nick, encarando-me com um sorriso torto, enquanto Valentina acenava.

Eu engoli em seco e sorri discretamente. Meu pai voltou os olhos para mim, confuso.

- Vocês se conhecem? – perguntou ele.

- Eles são amigos de Lorena. – expliquei, falando rapidamente. – Nos encontramos algumas vezes.

Ele assentiu, parecendo ponderar por um momento se acreditava em minhas palavras.

- Certo. – então suspirou, virando-se para a cozinha. – Bom, vou deixá-los em paz.

Quando ele já tinha saído, Lorena virou-se para mim, revirando os olhos.

- Você é uma péssima mentirosa. – disse ela, subindo as escadas correndo e fazendo um gesto para que nós a seguíssemos.

Quando me virei para Nick e Valentina, ambos me encaravam com expressões estranhas de confusão.

- Seu pai não sabe que você tem saído conosco? – perguntou ele, as sobrancelhas arqueadas.

- Eu ainda não contei. – murmurei, dando de ombros. – Mas não é nada demais.

- Se você diz. – resmungou Valentina.

Eu me virei pra ela, segurando-me no corrimão da escada.

- Não sabia que você viria.

- Bom, eu vim ajudar Nick a conseguir os convites.

Nick bufou, encarando-a maliciosamente.

- Você não está aqui por mim, Val. – disse ele, indicando com a cabeça a porta do quarto de Lorena.

Pela primeira vez desde que a tinha conhecido, vi Valentina corar, e então se apressar, deixando Nick e eu para trás.

- Ela gosta de Lorena? – sussurrei, quando estávamos próximos do quarto. - Sério?

Ele deu de ombros.

- Acho que elas combinam.

Assenti, concordando. De uma maneira estranha, Lorena e Valentina pareciam se entender.

Quando entramos no quarto de Lorena, ela segurava os convites nas mãos, encarando-nos seriamente, como se analisasse se éramos dignos o suficiente para recebê-los.

- Esse baile é coisa séria. – disse ela, a voz firme. – Dezenas de pessoas gostariam de colocar as mãos nesses convites.

Vi Nick concordar com a cabeça, sério. Valentina tinha cruzado os braços, encarando os dois. Eu fiz o mesmo, incerta se devia participar da discussão.

- Você tem talento. – continuou ela, não soando como um elogio, mas apenas como um fato.

Nick não chegou a piscar, os olhos ainda fixos em Lorena, sem saber o que responder.

- Vou te dar os convites. – exclamou ela, e ele pareceu soltar a respiração que estava prendendo. – Mas você tem que usá-los direito. Nada de gracinhas. Não perca oportunidades por garotas idiotas.

Nick assentiu e estendeu as mãos. Então, Lorena suspirou, mas pousou os convites brilhantes nas pontas de seus dedos.

- Obrigado. – respondeu ele, parecendo genuinamente incrédulo, como se jamais tivesse acreditado que ela realmente aceitaria doar os convites.

Lorena acenou com a cabeça, e então se virou, iniciando uma conversa com Valentina e ignorando nós dois, como se seu dever já tivesse sido cumprido. Nick encarava os convites nas palmas das mãos, os olhos brilhando. Então ele sorriu, levantando o olhar para mim.

- Você vai comigo, certo? – perguntou ele, esperançoso.

Eu ergui as sobrancelhas, surpresa.

- Tenho certeza que Valentina vai querer ir. – murmurei. – Ou Sofia, ou Ben.

Ele balançou a cabeça.

- Isso não é para a banda. – explicou. – Isso é pra mim. E eu só consegui por causa de você.

- Eu não fiz nada além de perguntar, Nick. – falei, encolhendo os ombros.

- Mas você perguntou. – insistiu ele. – Celina, por favor, você aceita ir ao baile comigo?

Eu ri, encarando seus olhos grandes e iluminados, e imaginei o tamanho da mentira que eu teria que contar ao meu pai para conseguir ir nesse baile. Mesmo assim, assenti.

Pouco tempo depois, Lorena nos chamou para descer, dizendo que a banda já a esperava na garagem para o ensaio e nos convidou para assistir. Um bando de garotos fazia muito barulho com os instrumentos quando chegamos lá embaixo, chamando Lorena para se juntar a eles. Ela pulou para o palquinho improvisado e agarrou o microfone, começando a cantar. Eles tocavam com muita agressividade, especialmente o baterista, mesmo as músicas mais calmas. Ainda assim, com a bagunça e desorganização, eles acertavam as notas e o ritmo. Talvez faltasse um pouco de foco, mas eles pareciam não se importar. Como Lorena já tinha dito, eles não tinham qualquer propósito de serem famosos ou viverem de música.

Mais tarde, meu pai e Luciano desceram trazendo batata frita e refrigerantes. Eu e Lorena agarramos as batatas e as bebidas e tentamos expulsá-los, mas eles já tinham subido no palco e começado a tocar e cantar de maneira desafinada e um tanto embaraçosa. Mesmo assim, eu ri, sentindo-me pertecente a algo bem especial, ainda que novo. Marcele chegou algum tempo depois para levá-los para cima, buscando nos poupar de mais vergonha. Eu acabei subindo com meu pai para voltarmos para o hotel, acenando para o resto das pessoas e observando com um estranho afeto a cena de confusão composta por instrumentos musicais, adolescentes e muita comida.

CAPÍTULO 13

Era sexta feira e eu tinha acabado de contar a Lídia sobre o baile. Ela estava mais animada que eu e queria saber todos os detalhes, como uma boa organizadora de festas. Pelo jeito, ainda havia pelo menos mais três festas de natal das organizações de caridade que ela tinha que planejar. Apesar de normalmente adorar o natal, eu não estava pensando muito sobre a data. Costumávamos comemorar o feriado com a família de minha mãe, mas, como ficaríamos no Chile até o ano novo, não tínhamos muitos planos. De qualquer maneira, eu tinha saído com a intenção de encontrar um presente para meu pai.

- Se é um baile de executivos, provavelmente vai ser muito chique. – escutei Lídia murmurar no telefone enquanto observava as vitrines enfeitadas em busca de algo interessante. – Deve ter comida chique, tipo *caviar* e *escargots*.

- Não vai ter *escargots*, Líds. – respondi, revirando os olhos. Eu estava passando por uma enorme loja de cosméticos, com anúncios incontáveis de promoções. – Você acha que meu pai gostaria de um perfume?

- De jeito nenhum. – disse ela rapidamente. – Ele não tem alergia?

- É mesmo. – resmunguei, já me virando para outra loja. – Não sei o que dar a ele.

- Uma camisa sempre funciona, Celina. Ou um livro. – disse Lídia, suspirando. – Voltando ao assunto do baile, você já sabe o que vai usar?

- Provavelmente aquele vestido que usei no meu último aniversário. – respondi, desinteressada. - É o único que tenho.

- Celina! – exclamou ela, parecendo horrorizada. – Você não pode usar seu vestido de aniversário de algodão para um baile!

- Não é *realmente* um baile, Lídia. – murmurei, mas não com muita convicção. – É apenas uma reunião de executivos. Com um show de talentos.

- Com um convite daqueles, te garanto que não é um show de talentos. – respondeu ela, repreendendo-me. – Você precisa usar algo melhor.

Revirei os olhos novamente, mas já não estava tão confiante com minha escolha de roupa. A verdade é que eu não tinha pensado muito sobre o assunto, visto que me pareceu óbvio que não era algo extremamente chique. Lorena mesmo tinha dito que era mais comercial do que divertido.

Continuei perambulando pelas ruas, entrando em diversas lojas de roupa e livrarias, seguindo a dica de Lídia. No final das contas, acabei comprando um livro estranho sobre a culinária na América do Sul, que parecia uma escolha segura e minimamente interessante de presente. Meu pai não tinha ido trabalhar essa manhã, mas ele não havia questionado quando falei que queria sair sozinha. Se eu o conhecesse tão bem quanto pensava conhecer, ele provavelmente estaria comprando o meu presente. Ele costumava deixar esse tipo de coisa para a última hora, a não ser que eu pedisse algo específico. Como esse ano eu não havia pedido nada, sabia que ele estaria levemente desesperado.

Quando voltei ao hotel, o quarto estava vazio. Aproveitei para esconder o livro em uma gaveta com minhas roupas e então resolvi pesquisar alguns detalhes sobre o baile que deveria comparecer em dois dias. Pelo que li, era um evento anual, em que diversos empresários musicais internacionais vinham para a cidade assistir apresentações de aspirantes à músicos selecionados. Era, de fato, como um show de talentos, apenas com um prêmio maior e muito mais formal. Nas fotos dos bailes passados, observei as mulheres usando vestidos chiques e elaborados com rendas, bordados e brilhos. Pensei no meu vestido simples de algodão e percebi que Lídia, com todo o seu conhecimento sobre festas, estava certa. Eu não tinha condições de comprar um vestido daquele nível, então liguei para Valentina. Por mais que ela não demonstrasse gostar muito de mim, parecia ser o tipo de garota que saberia o que fazer em situações como essa.

- Preciso de um vestido para o baile. – murmurei no telefone, assim que ela atendeu. – Um vestido de baile.

Apesar de não poder vê-la, senti que ela devia estar revirando os olhos.

- Imaginei que precisaria. – respondeu ela, a voz refletindo a impaciência. – Sofia tem alguns. Com algumas alterações, devem servir em você. Me encontre na casa dela amanhã.

- Obrigada. – murmurei, mas Valentina já tinha desligado o telefone.

Quando meu pai chegou, pouco tempo depois, eu disse a ele que sairia com Lorena e seus amigos no domingo para uma festa. Ele não fez perguntas demais, provavelmente presumindo que os tais amigos eram aqueles que ele tinha conhecido na noite anterior. De certa maneira, era verdade.

- Estou feliz que você e Lorena tenham finalmente se entendido. – disse ele, beijando minha testa. – Eu te disse que era uma briga de criança.

Parte de mim sabia que ele tinha razão. Não era culpa de nenhuma de nós duas os motivos pelos quais tínhamos brigado quando éramos mais novas, e, a partir do momento que chegamos a essa conclusão, a atmosfera de tensão parecia ter se esvaído. Em todas as outras vezes que tínhamos nos encontrado, a conversa fluíra de maneira mais leve e amigável, e até conseguimos encontrar interesses em comum. Tínhamos gostos musicais muito parecidos, e nós duas parecíamos bem perdidas com relação ao futuro. Lorena tinha acabado de se formar também e não tinha qualquer intenção de ir para a faculdade imediatamente.

No sábado de tarde, peguei um táxi para a casa de Sofia. Com o sol forte, o jardim ficava ainda mais colorido, as pétalas das flores molhadas de orvalho refletindo os raios de luz. Vi a kombi amarela de Valentina estacionada na garagem, em um espaço que parecia já pertencer a ela. Um homem alto e de cabelos acinzentados abriu a porta para mim quando toquei a campainha. Ele tinha o sorriso gentil e discreto como o de Sofia e me guiou pela enorme sala de estar até chegarmos a escada. Olhei em volta, os olhos arregalados, observando os móveis de madeira escura brilhante, a lareira de tijolos, os sofás enormes com almofadas bordadas e as flores que enfeitavam as janelas.

- As meninas estão no quarto. – disse ele, chamando minha atenção, e eu encarei seus olhos escuros. – Segunda porta a esquerda.

- Obrigada. – assenti e então subi as escadas, passando a mão levemente pelo corrimão adornado.

Atravessei o corredor rapidamente e bati baixinho na porta branca. Sofia apareceu, sorrindo, apressando-me para entrar. Valentina acenou da cama *king size* onde estava deitada sobre vários travesseiros que pareciam muito macios. O quarto todo era maior que qualquer outro que eu já tivesse visto. Era como uma pequena casa em apenas um cômodo, com uma mini sala com dois sofás verde-água e uma enorme televisão, e um escritório, composto de escrivaninha branca, uma cadeira reclinável e estante que ia do teto ao chão, preenchida por incontáveis livros. Havia ainda um sofá debaixo da janela inglesa, portas francesas que se abriam em um closet gigante e uma penteadeira iluminada.

- Valentina disse que você vai ao baile e não tem o que vestir. – disse Sofia, prestativa. – Bom, acho que posso te ajudar. Tenho mais vestidos do que preciso.

Ela abriu a porta do closet, expondo as araras cheias de uma variedade absurda de vestidos longos e curtos, estampados e lisos.

- Você é mais alta e magrinha que eu. – disse ela, passando as mãos pelos tecidos finos. – E tem menos busto.

Assenti, sem saber o que responder. Na verdade, eu e Sofia tínhamos corpos muito diferentes e eu não conseguia imaginar um daqueles vestidos servindo em mim.

- Por sorte, - murmurou Valentina, encostada no batente da porta. – Sofia é muito boa com costura. Ela fez sozinha uma boa parte desses vestidos.

Eu encarei Sofia, surpresa.

- Isso é sério? – perguntei e ela deu de ombros, modesta.

- Não é nada demais. – respondeu. – Gosto de fazer. Teria feito um pra você se soubesse mais cedo.

Então ela abriu um armário no fundo do closet e tirou de lá uma moderna máquina de costura e um baú branco. O baú estava cheio de rolos de tecido, linhas coloridas e pedras brilhantes. Sofia selecionou alguns vestidos e os colocou esticados na cama para que eu pudesse vê-los.

- Podemos trabalhar com esses. Eles podem ser alterados. – disse ela. – Escolha um e vamos começar.

Analisei rapidamente minhas opções e acabei escolhendo um vestido vermelho simples e longo, com a gola alta, sem mangas e com a saia plissada. Quando experimentei, ele ficou largo e curto, deixando-me com a silhueta de uma criança. Valentina ajudou Sofia a tirar minhas medidas e marcar as alterações com pequenos alfinetes, como se fizessem isso o tempo todo. Tentei me manter o mais imóvel possível para facilitar o trabalho e não levar alfinetadas.

Quando terminaram, elas me ajudaram a tirar o vestido com cuidado e então Sofia apressou-se para dentro do closet para começar a trabalhar. Valentina e eu ficamos sozinhas no quarto, sem querer interrompê-la, e nos sentamos em um dos sofás na frente da TV. Ela não estava olhando pra mim, mas tinha pegado um alicate na gaveta e começado a arrancar as cutículas.

- Tem certeza que você não quer ir ao baile? – perguntei, encarando-a. - Não sei se faz muito sentido eu ir.

- Nick quer que você vá com ele. – respondeu ela, sem tirar os olhos das unhas, e eu detectei um traço de ciúmes em sua voz. – Além disso, tenho mais o que fazer.

- Certo. – murmurei. – Você faz medicina, não é? Com certeza deve ter muito o que fazer.

Ela suspirou e abriu um sorriso que parecia o mais sincero que ela já tinha me mostrado.

- Sim. – disse ela. – Faculdade não é uma brincadeira.

- E você está gostando? – perguntei.

- Pode apostar que sim. – ela não estava mais me olhando. Os olhos estavam desfocados, perdidos em algo além do mundo externo. – É um mundo diferente.

Fiquei em silêncio, sem saber o que dizer.

- Claro, não é pra todo mundo. – continuou ela. - Ben ainda não sabe se quer ir.

-Nick me disse que ele tem tido problemas na escola. – comentei.

Ela bufou.

- Ele tem dificuldade de se concentrar. – murmurou ela, de maneira defensiva. – Não é culpa dele e sim das matérias inacreditavelmente chatas e inúteis.

Concordei, pois compreendia o que ela estava dizendo e não queria que Valentina pensasse que eu estava julgando seu irmão.

- Eu vou ser médica e ganhar o prêmio Nobel. – disse ela, com convicção. – Mas Ben não tem qualquer interesse nesse tipo de coisa. Ele gosta de música e cinema, e sabe tudo sobre. Mas esses conhecimentos não são considerados úteis.

- Minha mãe adorava o cinema. – falei. – Ela fazia filmes amadores.

- Ben também faz alguns vídeos. – ela assentiu, sorrindo.

Algum tempo depois, Sofia saiu do closet balançando um vestido pronto no ar, ordenando que eu o experimentasse. O vestido parecia igual à antes, mas, quando o vesti, ele serviu perfeitamente. A cintura estava marcada e o tecido chegava aos meus pés, como deveria. Sofia me entregou um par de saltos finos pretos, e eu me encarei no espelho, sentindo-me bem mais elegante do que esperava.

- Nada mal. – disse Valentina, que tinha se levantado e pegado sua bolsa na cama. – Tenho que ir. Tenho que encontrar alguém.

Ela desapareceu rapidamente e Sofia encarou meu reflexo com uma expressão orgulhosa. Com o salto, eu estava tão mais alta que ela que o topo de sua cabeça ficara na altura de minha clavícula.

- O que você estava pensando em fazer com seu cabelo? – perguntou ela, com os braços cruzados, analisando-me.

- Queria deixá-los soltos. – murmurei, incerta.

Ela negou com a cabeça veementemente.

- Venha, vou te ensinar como fazer uma trança. – disse ela, puxando-me pelo braço com as mãos minúsculas. – Esse vestido foi feito para ser usado com um cabelo trançado.

Então, ela me sentou no banco de couro branco da penteadeira e começou a pentear meus cabelos, desembaraçando-os com uma escova. Suas mãos eram gentis e habilidosas, e ela foi me falando com calma os passos para conseguir trançar as mechas, enquanto os dedos agiam livremente. Pouco tempo depois, uma longa trança pendia na parte de trás de minha cabeça, alcançando a cintura.

- Você é muito boa nisso. – comentei.

Ela não respondeu. Tinha se afastado e colocado uma música pra tocar, enquanto guardava os rolos de tecidos, alfinetes e máquina de costura no fundo baú. Sofia começou a cantarolar, e eu fui ajudá-la a arrumar o closet.

- Levo jeito com as mãos. – respondeu ela, mais tarde, enquanto fechávamos o armário já arrumado. – Mas é só um hobbie.

- Certo. – falei, lembrando-me de Nick me falando que ela tinha sido considerada para o carreira solo. – O seu negócio é cantar.

Ela riu e me encarou.

- Não sei qual é o "meu negócio". – admitiu ela. – Todo mundo parece saber, mas eu não.

- Eu também não sei. – concordei, por mais que não quisesse e por mais que o pensamento me retorcesse o estômago.

Ela deu de ombros.

- Acho que tudo bem. – falou, parecendo sincera. – Mas todos esperam que eu me destaque. Meu pai é o melhor professor da cidade, minha mãe é a melhor advogada da cidade. "E você, Sofia?", eles perguntam. "Vai ser a melhor em quê?"

Eu a observei, sem saber o que responder. Eu nunca tinha estado sob esse tipo de pressão, sob essa expectativa de ser incrível, ou a melhor. A única pessoa que se preocupava em me pressionar era eu mesma.

- Você pode ser a melhor Sofia. – respondi, na esperança de animá-la e, por sorte, ela sorriu pra mim.

Voltei para o hotel quando estava escurecendo, segurando uma pequena bolsa de pano com o vestido e os saltos nas mãos. Sofia tinha me dito para deixar o vestido pendurado, para que não amassasse, e eu o coloquei no cabide assim que cheguei ao quarto. Meu pai estava deitado na cama, lendo, e levantou os olhos apenas para me cumprimentar. Então, corri para o banheiro para tomar um banho.

- Vamos à praia. – disse ele, assim que saí do banheiro de pijama e com os cabelos molhados.

Eu ergui as sobrancelhas.

- Agora? – perguntei.

Ele revirou os olhos.

- Na segunda. – respondeu. – Fui convidado para o casamento de um amigo de infância em Vina Del Mar no domingo e pensei que podíamos passar um dia lá. Só estou avisando para que você possa se programar e organizar sua agenda. Consegue arrumar um tempo para o seu velho pai?

Eu ri e assenti, ajoelhando-me na cama e dando-lhe um beijo na bochecha.

CAPÍTULO 14

Eu estava nervosa, sentindo as borboletas no estômago e o bolo na garganta, mesmo que ainda faltassem horas para o baile. Também não conseguia entender o porquê do nervosismo, visto que essa não era minha primeira festa e eu não costumava ter esse tipo de reação. Mesmo assim, já no café da manhã, tive problemas para comer, e, no almoço com Lorena e sua família, tive que forçar minha massa garganta a baixo para que meu pai não começasse a se preocupar.

- Você está meio estranha. – comentou Lorena.

Tínhamos nos sentado lado a lado, já que agora éramos algo próximo de amigas. Ao contrário de mim, ela comia vorazmente sua lasanha vegetariana. Lorena era vegetariana desde os treze anos, como eu tinha aprendido depois de oferecer a ela um enroladinho de presunto e queijo.

- Estou bem. – resmunguei, terminando de engolir meu macarrão. – Não sei se quero ir a esse baile.

Ela arqueou as sobrancelhas e suspirou.

- Não me faça achar que estou desperdiçando esses convites ao dá-los pra você. – sussurrou.

- Se você não desse pra mim eles estariam colados no seu mural, de fato sendo desperdiçados. – sussurrei de volta.

- Melhor enfeitando meu mural do que nas mãos de gente que não merece. – sibilou ela. – Para sua sorte, sei que Nick merece.

- Desde quando você é fã dele? – perguntei, franzindo a testa.

Ela deu de ombros.

- Ele é bem legal. – respondeu apenas.

Revirei os olhos e tentei me acalmar, fechando-os com força e me convencendo de que estava sendo idiota por ficar tão nervosa. Quando não funcionou, virei-me para Lorena.

- Como vai ser esse baile? – perguntei, ansiosamente. – Como exatamente ele funciona?

Ela me encarou como se eu fosse louca, a boca cheia de lasanha.

- É um baile, Celina. – balbuciou ela. – As pessoas vão dançar, os concorrentes vão tocar, os empresários vão assistir e no final alguém vai ganhar um prêmio. Como em *Cinderela*.

- Você disse que não era como *Cinderela!* – exclamei, balançando os braços.

- Na verdade, meio que é. – respondeu, ignorando minha frustração. - Ah, Val pediu pra te avisar que passaremos no seu hotel por volta de oito horas.

- Por que vocês vão passar lá?

- Vamos dar uma carona para você e Nick antes de sairmos. – explicou Lorena. – O carro dele teve algum problema ou sei lá.

- Ótimo. – resmunguei.

Eu estava na frente do hotel, os pés já doendo por causa dos saltos altos e o vestido fino balançando com o vento. De alguma maneira, eu tinha conseguido trançar meu cabelo como Sofia tinha me ensinado, e, depois de assistir alguns tutoriais no YouTube, orgulhei-me da maquiagem que tinha conseguido fazer. Eu estava apresentável, mas sentindo o estômago se retorcendo mais do que nunca. Sentia-me idiota segurando a pequena carteira preta, em pé do lado de fora, vestida como alguém que ia para um casamento, enquanto as pessoas passavam e me encaravam.

Avistei Pikachu, com Valentina no volante, virando a esquina e me aproximei da rua. A kombi parou abruptamente, os pneus derrapando no chão. A porta de trás de abriu e dei de cara com Nick, as mãos estendidas para me ajudar a entrar.

Assim que me sentei, Valentina deu partida e eu me segurei no banco, sendo jogada pra frente pela velocidade repentina. Lorena me cumprimentou do banco da frente, e eu encarei Nick, sentado ao meu lado, perguntando-me por que Lorena estava em seu lugar usual. Então, vi os olhos verdes me encarando, um sorriso largo estampando o rosto, e os cabelos castanhos estranhamente curtos.

- Você cortou o cabelo. – murmurei.

Ele passou as mãos pelos fios curtos que formavam pequenas ondas e deu de ombros.

- Valentina disse que não me levariam a sério com o cabelo antigo. – respondeu. – Muito ruim?

Eu o encarei, analisando os ossos da bochecha, agora sem mechas de cabelo para cobri-los, e as sobrancelhas grossas que eu não costumava notar. Ele parecia mais velho, especialmente com o terno azul marinho e a gravata cinza. De qualquer maneira, continuava estranhamente bonito, estonteante, como se não fizesse qualquer esforço para tal. Percebi em sua expressão que, de fato, não fazia. Ele provavelmente tinha essa mesma aparência ao acordar pela manhã. Os cabelos ondulados perfeitamente bagunçados, os olhos verdes levemente apertados, as sobrancelhas absurdamente organizadas e os lábios suavemente avermelhados. Senti que o tinha encarado por tempo demais e desviei os olhos para a janela, tossindo disfarçadamente e tentando esconder as bochechas coradas.

- O que aconteceu com seu carro? – perguntei de maneira neutra.

Ele suspirou.

- Precisei vendê-lo. – respondeu hesitantemente.

Eu me virei pra ele, surpresa.

- Você *vendeu* seu carro? – indaguei. – Por quê?

- O orçamento... – murmurou ele, balançando a cabeça com as mãos na testa. – O orçamento está apertado. Precisava arrumar um jeito de ajudar minha avó. Isso vai ajudar por um tempo, até que eu consiga outro emprego.

- Você tem um emprego. – apontei.

- Tenho. – respondeu. – Mas não é suficiente. A loja de tecidos... Bom, ela tem causado prejuízo.

- Você vai achar alguma coisa. – afirmei com convicção.

- Certo. – repetiu Nick. – Val concordou em me dar algumas caronas, então, vou ficar bem.

- E você pode ter sorte hoje à noite. – falei, tentando encorajá-lo. – Alguém pode te oferecer um contrato ou algo do tipo.

Ele riu.

- Ou algo do tipo... – murmurou. – Sim, pode ser.

- E se não der em nada, - continuei. – Pelo menos haverá comida de graça.

- O que fará tudo valer à pena. – ele sorriu.

Finalmente, chegamos ao que parecia um grande salão de festas moderno, com filas de carros e pessoas na frente de enormes portas de vidros cercadas por cortinas brancas de seda.

- Não vou estacionar. – disse Valentina, desviando dos carros. – Podem descer.

Antes que abríssemos a porta, Lorena virou-se para nós, apesar dos protestos de Val.

- Converse com todos. – disse ela para Nick. – Mesmo que não sejam empresários da sua área, mesmo que você não saiba quem são ou o que fazer, você tem que atirar para todos os lados. Não negue nenhuma oportunidade.

Nick assentiu, encarando-a de volta.

- Obrigado, Lorena. – disse ele, apertando suas mãos. – Sério, eu...

- Vão! – gritou Valentina, esticando os braços e abrindo as portas violentamente, jogando-nos para fora. Antes de alcançarmos o chão, ela já tinha feito Pikachu começar a correr.

- Lucas Clarke! – gritou Lorena, a cabeça pra fora da janela. – É com ele que você tem que falar!

Respirei fundo, observando o ponto amarelo sumir na escuridão, em meio a buzinas e protestos dos outros motoristas.

- É um encontro? – perguntei a Nick, pensando sobre o quão rápido Lorena e Valentina tinham se aproximado.

Quando ele não respondeu, virei-me para encará-lo. Ele estava parado de frente para mim, ignorando as pessoas que pediam para que ele se movesse. O lugar estava inacreditavelmente lotado com homens vestidos de ternos e mulheres de vestidos bufantes. Apesar da escuridão, vi as bochechas de Nick se avermelharem sob a luz fraca do lustre do salão.

- Se você quiser que seja. – murmurou ele, claramente envergonhado.

Então percebi que ele achava que eu tinha me referido a nós dois, como se nós estivéssemos em um encontro. Arregalei os olhos devagar, sentindo minhas próprias bochechas esquentarem e meu estômago dar uma volta completa.

- Eu... – murmurei estranhamente, tentando não desviar meu olhar do dele, o que tornaria meu desconforto ainda mais óbvio. – Eu estava falando de Lorena e Valentina.

Se possível, seu rosto ficou ainda mais vermelho, como se estivesse prestes a pegar fogo. Eu sentia vontade de correr para a rua e desaparecer na escuridão juntamente com Pikachu, na esperança de que ninguém escutasse as batidas fortes e escandalosas de meu coração. Nós nos encaramos por alguns segundos de tensão, até que ele explodiu com uma risada e eu senti a pressão em meus pulmões diminuir. Juntei-me a ele, sentindo o riso ressoar em meus ouvidos.

Ainda rindo, ele se posicionou ao meu lado e eu entrelacei meu braço com o seu.

- Vamos entrar. – suspirou ele e nos aproximamos das portas de vidro, seguindo a multidão.

Um segurança pediu nossos convites, e então nos deu passagem. Lá dentro, o salão parecia realmente enfeitado como um baile de contos de fada. Não havia longas escadas com largos corrimãos adornados, mas o chão era de mármore branco mesclado com dourado, formando estampas e desenhos. O palco era cercado por cortinas pretas sustentadas por cordas douradas, e as mesas ao redor da pista de dança eram forradas com toalhas de seda pretas e bordadas, cada uma com um pequeno candelabro florido no centro. A mesa do buffet se estendia de um lado ao outro do salão, já preenchida por pratos e travessas fumegantes. Permanecemos em pé por alguns segundos, apreciando a paisagem que parecia surreal demais para ser verdadeira.

- Devemos escolher uma mesa? – perguntei incerta.

Ele deu de ombros, mas assentiu. Sentamos-nos em uma mesa nos fundos, na esperança de conseguir observar o salão todo. Nick parecia tenso ao se sentar, respirando em intervalos curtos, os olhos vagando por todos os lados.

- Você está bem? – perguntei. – Quer comer alguma coisa?

- Não sei o que fazer. – respondeu ele, rapidamente, as palavras se embolando. – Devo só começar a conversar com algum deles? Isso é loucura. Eles não me conhecem, não tem razão para me darem atenção.

Eu suspirei, sem saber lidar com sua recém adquirida falta de confiança. Então, tirei um dos CDs que ele havia trazido do bolso de seu paletó, e o coloquei na palma de suas mãos.

- Bom, então dê a eles uma razão.

Ele respirou fundo, encarando o círculo em sua mão.

- Certo. – murmurou. – Vamos comer antes.

Andamos juntos até a mesa enorme do buffet e entramos na fila para nos servir. Eu nunca tinha visto uma variedade tão grande de comida, quentes e frios, fritos e empanados, massas e frutos de mar. Tudo parecia tão delicioso que eu mal consegui escolher o que servir, tentando agir com naturalidade ao não encher o prato até a borda como de fato queria fazer. Nick parecia estar fazendo o mesmo. Ao contrário de nós, o homem em sua frente parecia não se importar com a educação e servia sem dó uma boa colherada de todas as comidas que o interessavam. Em certo ponto do caminho, quando seu prato já estava quase transbordando, ele agarrou um guardanapo e começou a servir os canapés no papel mesmo. Eu e Nick trocamos um olhar de diversão. O senhor pareceu perceber, pois ergueu as sobrancelhas, virando-se pra nós e analisando nossos próprios pratos, vazios se comparados ao dele.

- Vocês não sabem aproveitar as oportunidades. – resmungou ele, mas com um sorriso. – Sabe-se lá quando poderão comer à vontade assim de novo.

- Tem razão, senhor. – respondeu Nick, aproveitando e servindo uma boa porção de massa.

- Seja esperta também, garota. – disse ele, apontando pra mim. – Então, vocês vão tocar hoje?

Nick balançou a cabeça rapidamente, enquanto eu os observava. Tínhamos chegado ao fim da mesa, então nos afastamos para o lado para não interrompermos o fluxo de pessoas que ainda se serviam.

- Não, senhor. – respondeu Nick. – Digo, eu toco. Mas não vou participar essa noite.

- E por que não? – murmurou ele, agarrando um garfo e começando a comer ali mesmo, em pé.

- Bom... – balbuciou Nick, lançando-me um olhar incerto. – A taxa de inscrição é cara demais. Não pude pagar.

O homem ergueu os olhos do prato, franzindo a testa.

- Não tinha dinheiro para a taxa de inscrição, mas conseguiu um convite?

- Foi um presente. – explicou ele. – De uma amiga.

- Uma amiga e tanto. – resmungou, os olhos arregalados de um cinza tão claro quanto os cabelos brancos. – Imagino que você tenha vindo fazer algo aqui hoje, então? Não veio apenas assistir?

Vi Nick engolir em seco, pedindo ajuda no olhar. Apenas dei de ombros, na esperança de conseguir encorajá-lo, pois não sabia o que dizer.

- Trouxe um CD. – disse ele, como se soltasse uma lufada de ar, pegando o CD nos bolsos e esticando-o para o homem. – Com algumas músicas originais do violino. Eu... Eu toco o violino. Não só o violino, mas principalmente o violino. Eu ficaria feliz se o senhor pudesse escutá-lo.

- Um violino? – murmurou o senhor. – Não é um instrumento muito comum. E nem muito comercial.

- Meu objetivo é tocar em musicais. – explicou Nick. – Na verdade, estou procurando Lucas Clarke.

O homem riu, uma risada rouca e grossa que parecia ecoar por todo o salão.

- Lucas Clarke? – balbuciou ele. – É, ele vai poder te levar a algum lugar. Você sabe bem o que quer, garoto.

Nick não respondeu e apenas o encarou, os olhos fixos em seu próprio braço, ainda esticado, segurando o CD. O senhor suspirou, pegou o CD e sacudiu a mão de Nícolas.

- Pablo Fantini. – ele se apresentou. – Não estou no mercado de música. Como você, tenho bons amigos. Amigos que, para a sua sorte, trabalham no mercado. Venha, vou te levar para conversar com algumas pessoas importantes.

Nick sorriu, aliviado, respirando fundo.

- Obrigado, senhor. – murmurou.

- E sua namorada pode vir junto. – exclamou Pablo, puxando-me levemente pelo braço. – Você também toca? Ou canta? Ah, ela tem cara de cantora.

Eu abri um sorriso torto, envergonhada.

- Não sou a namorada. – falei. – E definitivamente não sou cantora. Sou apenas a acompanhante.

Ele nos guiou por entre as mesas que, agora, já estavam quase todas ocupadas. Nick e eu o seguimos, apressando-nos para não perdê-lo, os pratos quentes ainda nas mãos. Dei uma mordida rápida em um de meus canapés antes de alcançar os outros, pois estava morrendo de fome. Chegamos a uma mesa próxima ao palco, com todas as cadeiras preenchidas por homens e mulheres muito elegantes, mas parecendo levemente entediados.

- Onde está Clarke? – perguntou Pablo. – Trouxe alguém para ele.

- Lucas não conversa diretamente com ninguém hoje, Pablo, você sabe disso. – murmurou uma mulher de cabelos muitos negros e vestido dourado. De uma maneira estranha, ela estava combinando com as cortinas do palco. – O que você quer?

Pablo empurrou Nick para frente, puxando uma cadeira para se sentar e juntando-se a uma conversa paralela. A mulher encarou Nicolas com olhos frios e as sobrancelhas arqueadas de maneira arrogante.

- Então? – insistiu ela, a voz impaciente. – O que posso fazer por você?

Nick pareceu sair de um transe e esticou novamente as mãos com as amostras de sua música. Os braços tremiam levemente, a testa estava brilhante de suor.

- Não sei exatamente o que quero. – quando respondeu, sua voz estava firme. – Na verdade, preciso de oportunidades. Qualquer oportunidade que você possa me dar para expor o que sei fazer e me ajudar a chegar onde quero. Gravei algumas músicas originais, com vários instrumentos, apesar de o meu principal ser o violino. Eu ficaria honrado se Lucas Clarke pudesse ouvir ouvi-las e, talvez, me dar uma resposta.

Ela suspirou, pegando o CD com as pontas dos dedos de unhas pintadas.

- Olha, garoto. – disse ela, indiferente. – Claro, posso entregar seu CD para Lucas, mas ele tem que passar por mim antes. E, só hoje, já recebi outros três.

Nick assentiu, mordendo o lábio inferior com as mãos nos bolsos, e começou a se afastar.

- Já agradeço pela oportunidade.

Antes que a mulher se virasse de volta pra o palco, resolvi que poderia falar algo e me coloquei em seu campo de visão.

- Oi. Celina, prazer.– falei alto, mais confiante do que realmente estava. – Ele é muito bom. Você vai querer ouvir.

Ela ergueu as sobrancelhas, divertida.

- É uma afirmação suspeita, vinda da namorada. – respondeu ela, um sorriso irônico nos lábios.

- Não sou a namorada. – retruquei e então me virei para acompanhar Nick.

Afastamos-nos rapidamente, o barulho agudo dos saltos colidindo com o chão sumindo em meio à música que tinha começado a tocar. Nossa mesa tinha sido ocupada, então nos sentamos na mais próxima que encontramos. Eu esperava que, nesse tipo de evento, as mesas seriam reservadas, mas pelo jeito não eram, com exceção das que estavam posicionadas diretamente na frente do palco. Imaginei que era lá que as pessoas realmente importantes deviam se sentar, os jurados e organizadores.

- Você é destemida. – disse Nick assim que nos acomodamos nas cadeiras, a boca já cheia de massa.

Revirei os olhos e também comecei a comer. Como era de se esperar, tudo estava delicioso.

- Não sou não. – respondi, mastigando.

- Você meio que é. – disse ele.

Arqueei as sobrancelhas, mas não respondi. Uma mulher negra, alta e cheia de curvas tinha subido no palco. Ela usava um vestido vermelho muito brilhante, com detalhes que pareciam com aqueles usados nos anos 20. Os lábios combinavam com a roupa, e o cabelo, muito escuro, estava preso em um coque baixo. Ela ditava o tom de elegância do baile. Quando começou a falar, sua voz pareceu ecoar por todo o salão.

- Boa noite. – ela disse. – Bem vindos, participantes, jurados e convidados. Vamos começar nossas apresentações. Por favor, sentem-se, e aproveitem. Trouxemos só os mais talentosos músicos para apresentarem-se hoje à noite.

O holofote a seguiu até que ela desaparecesse atrás do palco. Poucos segundos depois, três garotas andaram até o centro vestindo terninhos azul marinho e saltos altos de ponta fina, os cabelos, todos loiros, trançados como o meu estava. Uma delas aproximou-se do microfone, envolvendo-o com uma das mãos, enquanto a outra pegou um violão e a última se sentou na frente de um teclado. Então elas começaram a tocar uma música doce e lenta, o violão sendo dedilhado levemente e o piano acompanhando-o com alguns acordes, enquanto a garota do meio cantava. Sua voz era macia como veludo e se arrastava, como se ela nunca terminasse realmente as palavras, como se todas as notas fossem uma só. Houve um curto solo de cada instrumento antes que elas parassem por completo e os aplausos enchessem o salão. Eu aplaudi também, encarando surpresa as garotas, que agradeceram rapidamente e sumiram, e pensando o quão elevado realmente era o nível da competição.

Após cinco apresentações de estilos e pessoas completamente diferentes, a apresentadora anunciou um pequeno intervalo. Eu me apressei para pegar mais alguns canapés e Nick resolveu tentar entregar seu CD para mais algumas pessoas. Ele parecia mais animado agora, menos nervoso e mais disposto a se apresentar como um músico promissor, alguém em que valia a pena apostar.

Novamente na mesa do buffet, experimentei o que parecia um bolinho empanado de camarão. O gosto amargo, estranho e exageradamente apimentado invadiu minha boca e eu apertei os lábios, devolvendo o bolinho para meu prato e tentando não fazer uma careta enquanto me movia. Ouvi alguém rir ao meu lado e me virei, dando de cara com uma garota baixinha de um vestido alaranjado que combinava perfeitamente com seus olhos castanhos. Ela me encarava de volta, os lábios abertos em um enorme sorriso de dentes brancos e alinhados.

- Pensei em avisá-la sobre os bolinhos. – disse ela. – Mas eu não realmente te conheço. Desculpe.

Eu ergui as sobrancelhas, engolindo com força.

- Bom, devia ter avisado. – resmunguei, mas sorri. – Quem diria que algo chique poderia ser tão ruim.

Ela riu novamente e esticou sua mão livre.

- Laisa Perdomo. – ela disse. – Então, você vai apresentar?

- Celina Paladino. E não, eu estou só... – murmurei. – Estou só acompanhando. Você vai?

- Também não. – respondeu ela. – Minha irmã vai, ela é uma cantora incrível. Treinou muito. Foi um longo processo de seleção.

- O prêmio deve ser incrível. – falei, pensando nos empresários sentados na beirada do palco.

- Um contrato com uma grande gravadora e uma viagem para o Havaí. – suspirou ela. – Sim, é um tanto incrível. E se ela ganhar, eu vou junto, então torça por ela. Digo, se você não tiver ninguém mais para torcer.

- Não tenho. – garanti. – Qual é a sua irmã?

- Ela está usando um vestido azul curto e vai tocar uma música da Taylor Swift. – respondeu ela. – Eu sei o que está pensando, mas não julgue antes de ouvi-la.

- Não estou julgando. – eu ri.

- E quem você está acompanhando? – perguntou.

- Um amigo. – respondi. – Ele não vai tocar, mas é músico também. Está tentando conseguir que alguém importante escute suas músicas.

Ela respirou fundo, mas colocou outro canapé na boca quando chegamos ao fim da longa mesa.

- É um mercado difícil. – disse ela. – E muito competitivo. Boa sorte para o seu amigo.

- E para sua irmã. – respondi, sorrindo ao vê-la se afastar.

Quando voltei à mesa, Nick já estava sentado. A pilha de CDs estava pela metade, o que significava que ele tinha conseguido mais algumas oportunidades. Ele parecia satisfeito consigo mesmo ao observar o palco, os olhos fixos no grande holofote pendurado no teto. Sua expressão estava limpa, mas as sobrancelhas estavam franzidas.

- Tudo bem? – perguntei, sentando-me ao seu lado.

Ele levantou o olhar e sorriu.

- Sim. – respondeu ele. - Você?

- Estou bem.

Então, ele pousou sua mão livre por cima da minha na mesa. Seus dedos eram uma mistura de calos nas pontas e juntas macias. Eu não queria me mover, com medo de que qualquer movimento pudesse fazê-lo se afastar. O calor irradiando de sua mão era anormal, mas reconfortante. Mesmo quando a apresentadora voltou ao palco, anunciando o fim do intervalo, ele não a moveu.

Aproximadamente quinze pessoas tocaram, incluindo a irmã de Laisa. Ela era realmente boa, e eu vi Laisa e sua família se levantarem para aplaudir quando sua apresentação terminou. Apesar de ser muito boa, não me parecia que ela ia ganhar. Havia pelo menos outros três competidores que eu acreditava terem se saído melhor. Nicolas estava apostando em uma banda de garotos que tinha feito um remix de várias músicas populares, e tinham sido aplaudidos por todos, incluindo os jurados. Eu, apesar de torcer pela irmã de Laisa, tinha apostado em uma dupla que tinha tocado uma música folk acústica e a garota tinha uma voz tão suave que poderia me fazer dormir, no melhor sentido.

Quando o último competidor se apresentou, a apresentadora voltou ao palco, introduzindo um grupo de dança local que tinha preparado um pequeno espetáculo. O estúdio de dança era um tradicional de Santiago e oferecia aulas de diversos tipos de dança, de balé a dança de rua. A apresentação foi uma mistura de todos os estilos, começando com uma única bailarina no centro do palco. Ela estava iluminada pela luz forte do holofote enquanto dançava ao som de uma música clássica rápida, as pontas das sapatilhas batendo suavemente no chão, os braços erguidos e a saia de tule fino flutuando ao seu redor. Então, uma dúzia de dançarinos juntou-se a ela, alguns vestidos também com roupa de balé, mas outros com figurinos diferentes e estilizados. O jazz misturou-se com o balé, e então foi acompanhado pelo sapateado, valsa, tango e dança de rua. No final, havia pelos menos cinqüenta dançarinos ocupando palco, dançando ao som da mesma música, com movimentos e interpretações inteiramente diferentes. Assim que a última nota soou, todos tinham desaparecido.

Então, uma banda nova apareceu, sem introdução, e foi recebida por uma chuva de aplausos. Imaginei que eles fossem famosos, pois todos pareciam conhecê-los.

- São os vencedores do ano passado. – explicou Nick.

Inicialmente, eles tocaram algumas músicas originais que eu não conhecia. Mas então começaram a fazer versões de músicas internacionalmente famosas, o que fez com que as primeiras pessoas se levantassem e ocupassem a pista de dança.

- Vamos dançar. – chamou Nick, a voz elevada, puxando-me pela mão.

Revirei os olhos, mas o segui. As inúmeras aulas de danças que eu tinha feito durante a vida me tornaram uma dançarina bem decente, então resolvi que não faria mal dançar um pouco.

Ocupamos um lugar na beirada na pista de dança, ainda assim cercados de pessoas. Por um momento, fechei os olhos, imaginando que não havia de fato ninguém ali, e comecei a dançar. Era fácil me perder se achasse que ninguém estava me observando, o que não estavam. Cada um estava preocupado demais consigo mesmo e, assim que isso ficava claro pra mim, uma sensação de imensa liberdade me invadia, permitindo que eu me soltasse plenamente, sem me preocupar.

Então, a música dançante se transformou em uma lenta e acústica. Observei diversas pessoas voltando para suas mesas, enquanto outras se aproximaram e começaram a balançar-se suavemente de um lado para o outro. Meus olhos encontraram os de Nick e houve um momento de hesitação em que nos encaramos, parados, os braços tensos colados na lateral do corpo. Então, ele mordeu o lábio inferior e estendeu a mão direita para mim, esperando minha resposta. Eu encarei a palma de sua mão e, automaticamente, de maneira quase inconsciente, entrelacei meus dedos nos seus.

Quando ele me puxou para perto, suas mãos repousaram em minha cintura e eu toquei seus ombros com as minhas, sentindo a mistura de ossos pontudos e músculos rígidos debaixo do paletó.

A música tocando era torturantemente lenta, como se cada nota durasse por diversos minutos, o que me fazia incerta de como me mover. A situação toda me deixava insegura de como agir, tensa demais para fazer movimentos bruscos, para me afastar ou me aproximar. De alguma maneira, após uma série de passos espontâneos que passaram como um borrão, senti Nicolas me girar por baixo de seus braços, para então me segurar de volta. Meu estômago deu um salto ao perceber a proximidade de nossos corpos, a pele de repente muito consciente de cada ponto em que nos tocávamos. Percebi que tínhamos parado de nos mover e sua mão estava no meu queixo, os dedos calejados e gentis tocando minha mandíbula. Meus olhos encaravam sua garganta, hesitantes com a possibilidade de encontrar os dele, verdes e agitados. Por apenas um segundo de coragem, ergui o olhar para seu rosto e vi seus lábios, a barba rala e clara que eu nunca tinha notado, as sobrancelhas perfeitamente bagunçadas, o nariz anguloso, o rubor leve nas bochechas. Então, ouvi-o cantarolar baixinho.

- Você está cantarolando. – sussurrei.

Vi-o engolir com força.

- Eu cantarolo quando estou nervoso. – sussurrou ele de volta, a voz suave e meio rouca.

O mundo pareceu ser pausado, o tempo movendo-se lentamente, todas as outras vidas interrompidas com exceção das nossas.

- Você está nervoso?

Ele assentiu, e então eu levantei meus olhos para encontrar os dele. Encaramo-nos por um momento que pareceu muito curto, apenas o suficiente para nos encontrarmos. Então, escutei o som ensurdecedor das batidas rápidas de meu coração ressoando em meus ouvidos quando seus lábios tocaram os meus, impedindo a entrada da música tocando e das conversas. Encontrei-me em uma bolha de silêncio agudo e constante, em que os outros sons pareciam apenas ruídos distantes, como uma música de ambiente, insignificante, mas presente. A pressão contínua de sua boca na minha era meu único foco, a única coisa que meus sentidos conseguiam captar. Sua respiração quente em meu rosto, os lábios macios nos meus e os dedos firmes e gentis na minha bochecha e em minha cintura. As trocas de calor e o gosto dele na ponta da língua. Estreitei meus braços ao redor de seu pescoço, segurando as pontas de seus cabelos, estranhamente curtos. Os lugares em que meu corpo tocava o seu estavam marcados por pontos de pequenos choques elétricos que se espalhavam e catalisavam a pulsação de meu coração, bombeando sangue rápido e quente que corria minhas veias como fogo.

Então ele se afastou, e eu me afastei, soltando seu pescoço e encarando seus olhos verdes novamente, fixos nos meus. Ele estava corado, a vermelhidão de suas bochechas espalhando-se lentamente para o resto de seu rosto. A sensação de calor excessivo se mantinha, meu corpo ainda pulsando com força, o estômago se revirando e as bochechas queimando.

- Acho que é um encontro. – sussurrou ele, a ponta de seu nariz tocando o meu de leve enquanto ele abria um sorriso. Não pude evitar sorrir também, uma estranha vibração agitando meu peito.

CAPÍTULO 15

Estávamos sentados do lado de fora do salão, encostados em uma larga pilastra com pratos de docinhos no colo. Minhas pernas estavam por cima das dele, e o vestido tinha se espalhado pelo chão. Tínhamos nos posicionado de frente para o lado de fora, observando a imensidão escura que era o céu, iluminado apenas por pontos pequenos e brilhantes que eram as estrelas. O estacionamento estava silencioso e os barulhos de música e conversas estavam abafados pelas portas de vidro do salão. Era quase meia noite e eles ainda não tinham anunciado o vencedor. Era essa desculpa que tínhamos usado quando Valentina perguntou se já podia nos buscar, pois o filme que ela e Lorena tinham ido assistir já havia terminado. Elas estavam, de fato, em um encontro. E, pelo jeito, nós também.

- Elas saíram umas duas vezes antes de hoje. – disse Nick. – No primeiro, acho que elas foram a algum show no parque. Depois Lorena levou Val para jantar em um restaurante vegetariano.

- Valentina deve ter adorado. – comentei sarcástica.

Ele riu.

- Ela chegou ao ensaio implorando por um hambúrguer. – respondeu ele. – Mas disse pra Lorena que tinha adorado.

Eu suspirei, repousando minha cabeça em seu ombro. Meus olhos estavam pesados de sono, a respiração lenta e profunda, mas eu não queria ir embora. Lembrei-me que iria viajar com meu pai no dia seguinte e abracei o braço de Nick, segurando sua mão. Eu adoraria parar o tempo, congelando esse momento em que o mundo estava silencioso, preenchido apenas por nossas respirações. Minha mente estava tranqüila, e meu corpo, relaxado. Meus pensamentos se resumiam ao fato de que seus dedos gelados esfregavam meu pulso e que eu podia sentir a pulsação em seu pescoço contra meu rosto.

- Você mora em outro país. – murmurou ele de repente, como se tivesse acabado de notar esse fato.

- É. – concordei, sem realmente me preocupar com aquilo no momento.

Nick moveu seu ombro, e eu levantei meu rosto para encará-lo. Ele tinha se virado pra mim, os olhos refletindo as luzes do salão como um caleidoscópio. Ele encostou os lábios nos meus de maneira suave, e eu fechei os olhos, entrando em minha bolha de calor e silêncio.

Afastamo-nos quando ouvimos uma agitação vinda de dentro do salão. Nick encarou as portas de vidro por um momento e então me puxou rapidamente para ficar em pé, agarrando minha mão e correndo para dentro.

- Estão anunciando o vencedor. – exclamou ele e eu o segui, segurando com uma das mãos a saia do vestido.

Todos tinham se levantado e aplaudiam com veemência o participante no palco. Quando me aproximei, erguendo a cabeça para ver por cima das diversas pessoas, avistei uma garota de vestido azul e curto, segurando um violão com uma das mãos enquanto a outra cobria o rosto emocionado. Reconheci-a como a irmã de Laisa e sorri, vendo a família correr para abraçá-la, enquanto os organizadores e a apresentadora batiam palmas e a parabenizavam-na. Ela pegou o microfone com as mãos trêmulas, balbuciando algumas palavras de agradecimento cheias de emoção, com a voz rouca e soluçante.

- A vida dessa garota vai mudar pra sempre agora. – murmurou Nick, os olhos fixos no palco brilhando com uma esperança quase infantil.

Eu o observei enquanto estava distraído, um sorriso mínimo estampando seu rosto. Sua expressão estava transparente naquele momento, como se todas as paredes tivessem se desmoronado e os pensamentos estivesse livres. Vi todo o seu desejo de estar no palco, a obsessão com a possibilidade de chegar lá e me perguntei se alguém veria essas coisas em meu próprio olhar.

Então senti o celular de Nicolas vibrar em seu bolso. Ele atendeu e falou rapidamente, desligando em apenas alguns segundos.

- Valentina está vindo. – suspirou ele, passando o braço pelos meus ombros. – Parece que a noite chegou ao fim.

Suspirei também enquanto dávamos uma última olhada no salão lotado, como se nunca mais fôssemos vê-lo novamente, o que provavelmente não aconteceria mesmo, e como se os eventos da noite não passassem de um sonho surreal.

Pikachu apareceu alguns segundos depois de termos pisado para fora do salão, Valentina estacionando-o bruscamente no passeio a nossa frente. A porta se abriu com um estrondo e ela gritou para que entrássemos. Acomodamo-nos no banco de trás e eu vi que Lorena ainda estava no da frente.

- Como foi o filme? – perguntou Nick quando a kombi começou a se mover.

- Idiota. – responderam as duas garotas, juntas.

Eu soltei uma risada curta, e então Lorena se virou para nos observar. Ela estava com uma expressão estranha, as sobrancelhas franzidas e os olhos semicerrados nos encarando. Sem saber o que dizer, eu a encarei de volta, indiferente. Então, suas sobrancelhas se arquearam de repente e os olhos se arregalaram, o que mudou seu rosto inteiramente, e ela abriu a boca em um sorriso debochado.

- Vocês se beijaram. – afirmou ela, rindo, e Valentina arfou.

Eu senti minhas bochechas se avermelhando e olhei Nick pelo canto do olho, mas ele parecia muito tranqüilo.

- Cale a boca. – murmurei para Lorena.

Ela continuou rindo com Valentina, como se fosse a melhor coisa que já tivesse acontecido.

- Finalmente! – exclamou Val soltando o volante momentaneamente, o que fez com que Pikachu fizesse uma curva abrupta.

Eu bufei, desejando que meu rosto voltasse a minha cor normal e eu pudesse agir de maneira tão indiferente como Nicolas estava fazendo.

- Foi o seu primeiro beijo, Celina? – perguntou Valentina.

- Não. – respondi, revirando os olhos.

- Ótimo. – disse ela. – Primeiros beijos são sempre um fracasso.

- Meu primeiro beijo foi ótimo. – retrucou Lorena. – Eu tinha treze anos e foi com um garoto que conheci na praia em um verão. Foi como nos filmes.

- Você não pode estar falando sério. – murmurou Nick, pronunciando-se pela primeira vez.

- O que? – perguntou ela, parecendo ofendida. – É verdade. Como foi o seu primeiro?

- Eu tinha quinze anos. – respondeu ele. – Foi uma aposta idiota. Estávamos no refeitório da escola e ela tinha acabado de comer algo com um gosto bem estranho. Nenhum de nós dois sabia o que estava fazendo.

- Bom, pelo menos ela não mordeu seu lábio. – murmurei, lembrando-me do meu primeiro beijo. – O que foi o que o garoto idiota da minha aula de natação fez. Ele me chamou para ir ao cinema, e então me beijou. Por algum motivo ele resolveu que seria legal morder meu lábio com muita força, o que fez com que um corte enorme se abrisse e sangue jorrasse pra todo lado. Foi nojento.

- Quantos anos você tinha? – perguntou Nick, rindo.

- Quatorze. – respondi.

- Ah, por favor. – murmurou Valentina. – Vocês e suas histórias amadoras sobre primeiro beijo. O meu primeiro beijo foi em uma festa, quando eu tinha quinze anos. Eu sabia que havia um garoto que gostava de mim, e que eu gostava também, e estava esperando que algo fosse acontecer. Então, no meio da festa, vi-o beijando uma garota da nossa sala. Fiquei tão brava que agarrei a primeira pessoa que avistei e a beijei também. Era um cara baixinho e chato da escola que babava muito. Fiquei tão traumatizada que demorei um ano pra conseguir beijar outra pessoa.

Todos nós rimos enquanto voávamos pelas ruas vazias. As janelas abertas deixavam um vento frio entrar e soltar os fios de minha trança, que chicoteavam para todos os lados. Tentei em vão colocá-los no lugar, tirando-os de cima de meus olhos. Então, Nick esticou sua mão e prendeu os fios bagunçados atrás de minha orelha. Ele sorria como se visse algo inusitado, os olhos brilhando.

- O que? – perguntei, encarando-o.

Em resposta, ele apenas sacudiu a cabeça e beijou minha testa.

Deixamos Lorena em sua casa primeiro. Ela pulou da kombi e deu a volta, chegando na janela do lado de Valentina e beijando-a também. Então, acenou para mim e Nick e correu para dentro de casa, batendo a porta atrás de si.

Valentina pareceu ter sentindo a pressão de nossos olhares em suas costas, pois se virou e atirou uma bolinha de guardanapo sujo em nós.

- Não quero ouvir uma palavra sobre isso. – murmurou ela com um sorriso torto.

Quando chegamos ao hotel, eu tirei os saltos antes de sair da kombi. Nicolas segurou minha mão, ajudando-me a descer, e então puxou meu rosto para encostar nossos lábios rapidamente, sob os protestos e barulhos de desgosto de Valentina.

Então, a porta se fechou e eles desapareceram em um segundo, como se fossem apenas uma ilusão.

CAPÍTULO 16

Quando acordei na manhã seguinte, meus olhos estavam pesados e estranhos. Minha cabeça estava confusa e meu corpo mais cansado do que quando eu tinha ido dormir. Por um segundo, fiquei incerta do que estava diferente. Então, as lembranças da noite anterior voltaram como uma enxurrada, preenchendo minha mente. Sentei-me abruptamente na cama, sentindo o coração batendo forte e toquei meus lábios. Então, olhei ao redor, analisando o quarto. Meu pai ainda estava deitado e dormindo, o que provavelmente significava que não era tão tarde. Ele já estava dormindo quando eu tinha chegado na noite anterior.

Levantei-me com cuidado para não fazer barulho e andei até o banheiro. Vi meu rosto borrado no espelho, percebendo que não tinha tirado a maquiagem e suspirando. Resolvi tomar um banho e liguei a água quente, sentindo uma estranha tontura, como se estivesse flutuando.

Quando saí do banheiro, meu pai estava acordado e pronto para sair. Lembrei-me então de nossos planos de irmos à praia e reclamei internamente. Mas meu pai estava tão animado que não pude deixar de fingir estar tão animada quanto ele, trocando de roupa rapidamente e arrumando uma pequena mala para a noite. Tomamos café correndo, pois queríamos chegar cedo para termos tempo de nos arrumar para o casamento.

- Como foi ontem? – perguntou meu pai, de repente. – Parece que chegou tarde.

Eu o encarei e dei de ombros, fingindo uma indiferença que não existia.

- Foi legal. – respondi.

Ele apenas assentiu. Eu estava cansada de mentir para ele e parte de mim gritava de vontade de contar tudo que tinha acontecido na noite anterior. Eu imaginava que ele provavelmente não dividiria minha animação, mas ficaria feliz, daquela maneira estranha que os pais ficam quando sua filha começa a sair com algum garoto. Mas, na verdade, ele seria consumido pelo fato de que eu estive mentindo esse tempo todo e isso excluía qualquer possibilidade de eu lhe contar a verdade. Eu nunca devia ter começado algo escondido, mas agora era tarde demais. De qualquer maneira, jamais teria pensado que aquela primeira saída para o bar me levaria tão longe. Talvez as mentiras tivessem apenas saído do meu controle.

Vina Del Mar ficava a quase duas horas de Santiago, e a última vez que tínhamos estado lá foi com minha mãe, poucos meses antes do acidente. Mesmo assim, a viagem não tinha uma atmosfera triste para nenhum de nós dois. Meu pai tinha alugado um carro para o dia, então foi uma viagem tranqüila e em silêncio.

O sol estava forte e batia sobre meus pés, apoiados no painel do carro. Eu estava com meu celular no colo, trocando mensagens com Lídia, que já sabia sobre todos os detalhes do baile e estava animada com a possibilidade de um encontro duplo. Lembrei-a casualmente que estávamos em países diferentes e ela se contentou em ficar feliz por mim. No meio da manhã, Nick me mandou uma foto dele e de sua avó comendo os doces que tínhamos roubado da festa. Eu sorri involuntariamente, e então encarei o lado de fora, esperando que meu pai não notasse. Ele era bom demais em ler minhas expressões e eu não precisava de mais perguntas.

Quando chegamos ao hotel, que ficava atrás da praia, meu pai foi fazer o check-in e eu me escondi do lado de fora, encarando a rua movimentada, para discar o número de Nick.

- Oi. – ele atendeu no primeiro toque, com a voz suave e divertida.

- Bom dia. – respondi. – Não é justo você ter ficado com todos os doces.

Ele riu.

- Se nos encontrarmos, levo todos pra você.

Eu suspirei, sorrindo.

- Estou em outra cidade do momento. – murmurei, explicando que tinha combinado de passar o dia com meu pai e só voltaria no final do dia seguinte.

- Bom, azar o seu. – brincou ele. – Quando você voltar, os doces já terão acabado. Vou chamar Ben, Sofia, Val e Lorena pra comerem comigo.

Eu bufei, encarando a praia com os olhos semicerrados, e desejando poder voltar.

- Mas, - continuou ele. – Podemos sair para um encontro de verdade quando você voltar.

Eu abri um sorriso, mesmo sabendo que ele não podia ver.

- Podemos. – concordei. – Mas acho que um baile pode ser classificado como um encontro de verdade.

- Bailes são clichês demais. – disse ele, e eu senti o riso em sua voz. – Te vejo daqui dois dias.

- Até. – murmurei, desligando o telefone.

Voltei pra dentro para encontrar meu pai andando de um lado para o outro com as malas, procurando-me. Eu sabia que ele queria um dia tranqüilo, mas divertido, para compensar as noites monótonas no hotel. Tentei ficar animada com a possibilidade de passar um tempo com meu pai, o que não tinha feito muito no último ano, principalmente por causa dos estudos.

- Ei! – gritou ele quando me viu. – Onde você estava? Vamos, o casamento começa às duas. Provavelmente o almoço vai ser servido tarde, então devíamos comer algo antes.

Eu assenti e o segui para o nosso quarto, onde trocamos de roupa e nos arrumamos para o que parecia um casamento pouco formal. Pelo que meu pai tinha me contado, a cerimônia seria em uma pequena igreja no centro da cidade, e então todos iríamos para um restaurante na orla. Parecia-me o tipo de casamento que eu gostaria de ter, organizado e bonito, mas simples. Achei que a ocasião seria perfeita para finalmente usar o meu vestido de algodão e o tirei da mala, combinando-o com meu cabelo solto. Então, descemos para comer um lanche rápido antes de irmos para o casamento.

Quando chegamos, estávamos em frente a uma minúscula igreja de pedra, com duas enormes janelas, uma de cada lado da porta principal. O vidro era colorido e refletia a luz do sol, parecendo-se com um enorme arco-íris de formas geométricas. O interior era frio, provavelmente por causa das pedras. O altar e o corredor central estavam enfeitados com buquês de camélias vermelhas e brancas, polvilhadas de brilhos dourados. Os bancos de madeira escura já estavam quase todos ocupados, e nós conseguimos um espaço em um dos últimos, perto da entrada, ao lado de um casal de idosos e uma enorme família com várias crianças. Imaginei que a família devia mesmo ficar no banco de trás, possibilitando uma fuga rápida caso as crianças precisassem ser evacuadas. Foi o que de fato aconteceu quando a cerimônia começou e, assim que os músicos tocaram as primeiras notas, o bebê começou a berrar, fazendo com que seu pai se levantasse rapidamente e o levasse para fora no colo.

A noiva entrou ao som da típica música de casamento, tocada em um piano. Ela usava um vestido muito simples, a saia com bordados de flores e o decote em formato de coração, segurando um buquê tradicional de rosas brancas. Observei-a andar lentamente até o altar, acompanhada de um homem jovem, jovem demais para ser seu pai. As pessoas nas pontas dos bancos tentavam chamar sua atenção com o olhar, mas seus olhos estavam fixos no noivo.

Apesar de estarmos em uma igreja, não seria uma cerimônia tradicional e, em vez de celebrarem uma missa, eles falaram os votos que tinham escrito. Então, o padre os anunciou como marido e mulher, eles se beijaram e todos aplaudiram.

Havia algo em casamentos que fazia com que eu ficasse com o coração aquecido, como se toda a minha fé na humanidade tivesse sido restaurada e houvesse algo concreto em que eu pudesse acreditar novamente. Apesar de eu saber sobre os números crescentes de divórcio, eles não abalavam minha concepção infantil de casamento como algo mágico.

Eu e meu pai saímos rápido da igreja, procurando nosso carro para chegarmos cedo ao restaurante.

- Foi uma bela cerimônia. – comentou meu pai, no caminho. – Fico feliz que Antonio tenha encontrado alguém. Sua primeira esposa faleceu a alguns anos de câncer e ele entrou em depressão.

Eu o encarei, sem saber o que dizer. Meu pai tinha lidado relativamente bem com a morte de minha mãe, ou da melhor maneira que se podia lidar com algo como a morte. Ele tinha focado em mim, preocupando-se com cada passo meu e garantindo que nada jamais me faltasse, mesmo que, claramente, algo estivesse faltando. Nós dois fizemos terapia no ano após o acidente, o que ajudou. Mesmo assim, e mesmo ficando feliz por ele ter se recuperado bem, eu não conseguia imaginá-lo com outra pessoa. A possibilidade de meu pai casado com alguém que não era minha mãe ainda soava estranha demais para ser processada.

Chegamos a um restaurante que ficava afastado do centro, construído por cima das rochas no mar. A festa seria no segundo andar, onde as mesas estavam todas reservadas e enfeitadas com toalhas brancas e flores coloridas. A vista do topo da rocha era de toda a orla da cidade, com os prédios e a praia, e então uma imensidão azul de mar.

Achamos a mesa com nosso nome e nos sentamos ao lado de outros amigos de meu pai que tinham vindo para a cidade só para o casamento. Cumprimentamo-nos rapidamente e então, quando eles entraram em uma conversa sobre os tempos de escola, eu me vi liberada para dar uma volta no lugar. Encontrei uma escada que levava a cobertura do restaurante e cheguei a um cômodo amplo, o chão feito de uma madeira que parecia muito frágil. Não havia mesas, ou qualquer sinal de que alguém costumasse ir ali, o que me parecia idiota. O lugar seria um atrativo enorme, já que ficava ao ar livre e dava uma vista incrível em 360 graus, do mar, das ruas e do céu. Discretamente, levei uma cadeira no andar de baixo para a cobertura e me sentei, observando os arredores e sentindo o vento com gosto de sal batendo no rosto, enquanto os outros esperavam os noivos chegarem.

Se eu tivesse uma tela e tinta, gostaria de pintar. Eu sabia exatamente como fazer o efeito de água se mexendo e do sol refletido. Sabia a mistura de cores que teria que fazer para conseguir os tons exatos de azul do céu e do mar, para que eles não se misturassem. Sabia que eu teria que trabalhar bem na profundidade do desenho, para que ele não ficasse parecendo em um plano só, e sabia como faria isso. A única coisa que não sabia era de onde saía a vontade de fazer tudo isso, ou a urgência para querer. Não sabia se esse era um desejo meu, por mais que não houvesse ninguém ali me forçando. Sabia que, em algum momento, teria que descobrir.

Desci quando escutei as palmas e vi os noivos entrando no restaurante, cumprimentando as pessoas da primeira mesa e fazendo todo o trajeto até o final. Eu já tinha voltado para o lado de meu pai quando eles se aproximaram de nós, e eu os abracei educadamente, parabenizando-os, por mais que eu jamais os tivesse visto.

- Sua filha, Lorenzo? – perguntou o noivo.

- Sim. – confirmou meu pai, abraçando-me pelos ombros.

- Ela é a sua cara. – riu ele. – Fico feliz por você. E sinto muito por Carolina.

Eu encarei o chão com a menção de minha mãe e mordi os lábios.

- Obrigado, Antonio. – respondeu meu pai.

- Sei o quanto os primeiros anos são difíceis. – murmurou ele em voz baixa, para apenas nós ouvirmos. – Mas não é o fim de sua vida. Eu dei a volta por cima, e, agora que encontrei Alice, estou mais feliz que nunca. Sinto falta de Nicole todos os dias, claro, mas você se acostuma. É como uma memória feliz.

Vi meu pai assentir e sorrir, apertando os ombros de Antonio com as mãos.

- Ele conheceu a mamãe? – perguntei quando os noivos passaram para a mesa seguinte e os outros convidados estavam entretidos com suas próprias conversas.

- Sim. – respondeu ele. – Eu e sua mãe encontramos Nicole e ele algumas vezes. Mas já faz muitos anos. A última vez que o vimos, você era um bebê.

Eu não respondi e o ouvi suspirar. Geralmente, nossos momentos de saudade eram compartilhados.

- Venha. – disse ele, quando vimos os garçons arrumando os últimos detalhes da mesa do almoço. – Vamos nos servir.

Então nos levantamos, servimos e comemos em silêncio, enquanto as outras pessoas em nossa mesa conversavam ininterruptamente. Eu sentia a atmosfera de tristeza pairando no ar, então tentei começar um novo assunto para distrair meu pai.

- Eles têm muito bom gosto. – comentei, olhando ao redor, para as decorações. – Nada de decoração exagerada, bolo branco ou vestido em forma de cupcake.

Ele riu.

- Sua mãe amava um casamento escandaloso. – disse ele, e eu fiquei preocupada em ter dito a coisa errada, mas seu tom de voz parecia animado. – Você já viu fotos do nosso casamento. Só a cauda do vestido dela precisou de três damas de honra.

Eu ri, mas senti uma pontada no coração ao pensar que havia ainda algo mais que me afastava de minha mãe.

- Vocês são muito parecidas. – disse meu pai, então, para minha surpresa. – E, ao mesmo tempo, tão diferentes.

Ele suspirou e eu o encarei, encontrando seus olhos castanhos fixos nos meus, tão diferentes. Ele tocou minha bochecha de leve com as mãos, e beijou minha testa.

- Não vamos falar do seu casamento. – disse ele. – Não é um evento no qual ficarei muito animado.

- Casamentos são eventos felizes, pai. – eu falei, sorrindo.

- Não se você é o pai da noiva. – disse ele e suspirou novamente. – Não estou ansioso para o dia que você vai me deixar.

- Não vou te deixar. – sussurrei, balançando a cabeça. – Vou arrumar uma casa ao lado da sua e te visitar todos os dias.

- Não, Celina. – disse ele, com firmeza. – Você precisa arrumar uma casa bem longe e me visitar nos fins de semana.

Me ligue algumas vezes para dar notícia. Mas viva sua vida. Desapegue-se e descubra-se.

Ele falou com tanta convicção que, apesar do pensamento de deixá-lo doer, não pude evitar sorrir e concordar.

Quando voltamos para o hotel, já era noite e nós estávamos cansados e sem fome, as mãos segurando pratos de plástico cheios de salgados, docinhos e dois enormes pedaços de bolo.

- Droga. – murmurei, quando chegamos ao quarto. – Esqueci meu carregador do celular.

- Ah! – exclamou meu pai. – Ótimo!

Eu revirei meus olhos, irritada com o fato de que não tinha tido a chance de responder Nick e Lídia. Ao mesmo tempo, consegui ver que talvez o período sem mensagens fosse me fazer bem e pudesse clarear minha mente. Sendo assim, acabei passando o resto da noite conversando com meu pai, que tinha ficado um tanto nostálgico com o casamento e foi capaz de me entreter por horas com histórias intermináveis.

Acordamos tarde no dia seguinte e fomos à praia depois do almoço. Inicialmente, meu pai tinha planejado para irmos a Praia de Reñaca, uma das mais famosas da região, porém uma das mais movimentadas também. Como estávamos à procura de algo mais tranqüilo e fácil, acabamos ficando nas praias centrais, aproveitando os lugares afastados das grandes multidões.

Quando meu pai foi procurar algo para beber, resolvi ficar e continuar tomando sol, algo que eu não fazia há algum tempo. A sensação do biquíni úmido em minha pele, juntamente com os grãos de areia finos que tinham se espalhado pelo corpo, era desconfortável, mas não o suficiente para que eu quisesse me mover. O sol da tarde estava forte e queimando minhas pernas, brancas como palmitos. Sabia que ficaria vermelha depois, mas não me incomodei. Parecia irrelevante me importar com o futuro enquanto estava ali deitada, a brisa suave do mar no rosto e os pés afundados na areia.

A praia me trazia uma tranqüilidade única, que poucos outros lugares pareciam conseguir. Para alguns, as árvores e a grama verde eram sinônimos de paz, e, para outros, os edifícios de concreto proporcionavam estabilidade e confiança. Para mim, a praia era um limbo, onde eu podia fazer uma pausa da vida e do mundo, mesmo que por poucos minutos.

- Você vai virar um camarão de tão vermelha, Cel. – exclamou meu pai, vindo em minha direção com uma lata de refrigerante.

- Vai valer à pena. – suspirei, pegando a bebida de sua mão e sentindo o gelo da latinha em choque com minha pele fervendo.

- Quer dar uma volta no píer? – perguntou ele.

Avistei o píer Muelle Vergara há muitos metros de nós, mas resolvi que era hora de me mover. Assenti para meu pai, e o ajudei a juntar nossas coisas rapidamente.

O píer tinha sido reformado há pouco tempo e agora estava com o chão forrado de madeira acinzentada e bancos pequenos nas beiradas. O lugar em si não era muito impressionante, com seus guindastes antigos. Mesmo assim, valia a pena o passeio de andar até o fim e encarar a infinidade do mar, seu tom azul escuro iluminado pelos reflexos do sol brilhante e as ondas constantes. O barulho de água batendo na madeira podia ser assustador quando forte demais, mas hoje estava calmo e ritmado, como um marcador de tempo natural.

Ficamos ali até o final da tarde, quando resolvemos voltar para Santiago. Já tínhamos tirado nossos pertences do hotel, e agora todos estavam no carro alugado. Esse meio tempo entre viagens sempre tinha me parecido muito intrigante, a idéia de que não estávamos nem lá nem cá, e que tudo que tínhamos era aquele carro com nossas mochilas e garrafas d'água.

Mesmo assim, fiquei feliz quando avistamos Santiago, que, nesse tempo, tinha acabado se tornando algo próximo de uma casa para mim. E era sempre bom voltar para casa. O clima estava bem diferente de em Vina Del Mar, com uma chuva forte balançando as copas das árvores, as gotas furiosas batendo com força no vidro.

Quando chegamos ao hotel, porém, fui recebida por uma onda de desespero ao ver um grupo de pessoas conhecidas na calçada ao lado de Pikachu. Benjamim, Sofia, Valentina e Lorena usavam expressões aflitas e agitadas, e pareceram pular ao me ver, correndo em direção ao nosso carro.

Abri a porta rapidamente, sendo encharcada pela chuva e encarando-os enquanto eles gritavam comigo.

- Você não sabe atender o celular, garota? – gritou Valentina exasperada, a voz sobressaindo o som alto da água que caía, empurrando-me pelos ombros.

- Ai! – reclamei. –Eu esqueci meu carregador, qual é o problema de vocês?

- Oi, senhor. – murmurou Lorena, vendo meu pai.

- O que está acontecendo? – perguntou ele, preocupado, cobrindo-se com a mochila. – Lorena, o que vocês estão fazendo aqui?

- É o Nick. – respondeu Sofia, encarando-me com os olhos cheios de pesar. – Ele recebeu uma ligação de alguém do baile.

Eu sorri e suspirei aliviada.

- Mas isso é ótimo. – murmurei. – Qual é o problema? Onde ele está?

Eles trocaram olhares hesitantes entre si, todos com as bocas escancaradas, como se não soubessem o que dizer.

- Nick está no aeroporto com Pablo. – respondeu Ben, finalmente. – Ele está voltando para a Inglaterra, e Nick vai junto.

CAPÍTULO 17

- Ele vai *o que?* – exclamei, olhando em volta, procurando uma resposta e piscando para tentar enxergar através das gotas de chuva. – Ele vai *pra onde?*

Senti meu coração se acelerar e respirei fundo, fechando os olhos e tentando me acalmar. Não era como se isso fosse uma grande surpresa pra mim. Eu jamais imaginaria que ele receberia um convite para se mudar de país, mas certamente estava consciente de que *eu* morava em outro país. Não havia qualquer ilusão ou expectativa de ficarmos juntos para sempre ou qualquer outra besteira dessas. Mas eu estava preparada para tê-lo por mais algum tempo, por mais algumas semanas. A repentina noção que eu não o veria mais era angustiante e doía, como se sua mudança fosse algo pessoal, feita exatamente para me atingir.

Memórias de quando minha mãe morreu invadiram minha mente. Naquele dia, eu havia preparado um jantar. Ela tinha ido visitar amigos em São Paulo e eu resolvera cozinhar algo especial para recebê-la. A mesa estava posta, as panelas fumegavam no fogão e os pratos reluziam, limpos, refletindo a luz do lustre. Quando a campainha tocou, não encontrei minha mãe, mas os policiais, que perguntavam por meu pai. Não me lembro claramente das horas seguintes, pois parecem um borrão de dor e luto. Mas me lembro do dia seguinte, quando cheguei na cozinha e vi os pratos ainda na mesa, as panelas ainda cheias, agora, frias.

Uma vida interrompida, momentos incompletos. Experiências iniciadas sem a chance de receberem uma finalização. Pessoas que um momento estavam ali, e então não estavam mais.

- Espere um segundo. – ouvi a voz de meu pai murmurar. – De quem estamos falando?

Percebi que ninguém o tinha respondido, e todos esperavam que eu o fizesse. O que fazia sentido, já que ele era meu pai e era eu quem tinha mentido para ele esse tempo todo.

- Um amigo. – murmurei, encarando o chão.

- Celina. – chamou Valentina. – Ele ainda não embarcou. Se corrermos, podemos chegar a tempo.

Suas palavras foram como uma chave se virando em minha mente e eu me levantei, correndo em direção a kombi e ouvindo meu pai protestar atrás de mim.

- Te explico tudo quando voltar, pai! – gritei para ele da janela, enquanto os outros entravam e Valentina se preparava para acelerar. – Está tudo bem!

Pela primeira vez nas últimas semanas, agradeci por Valentina dirigir de maneira tão imprudente e insegura, como se alguém estivesse morrendo em seu carro e precisasse chegar ao hospital. O vento batia com força nos vidros da janela e a rua passava como um borrão escuro de prédios, árvores e nuvens acinzentadas à medida que nos movíamos na direção do aeroporto.

- O que aconteceu, exatamente? – perguntei a Sofia, enquanto segurava com força no banco, sentindo meu corpo ser jogado de um lado para o outro com as curvas abruptas.

- Ele recebeu uma ligação ontem à noite. – disse ela, parecendo enjoada. – Alguém chamado Pablo Fantini tinha escutado suas músicas e achava que podia conseguir algumas audições para ele, e colocá-lo em contato com pessoas que podiam divulgar seu nome. Mas, é claro, ele precisava estar em Londres, onde Pablo mora.

Eu suspirei.

- E Pablo espera que Nick se mude de um dia para o outro e deixe sua vida para trás? – murmurei. – Isso não faz sentido.

- O mercado da música é assim, Celina. – explicou Lorena do banco da frente. – As oportunidades aparecem de repente e se vão rápido. Você precisa ter coragem de agarrá-las. Pablo estava indo embora hoje, então era agora ou nunca.

- Certo, mas ele nem tinha dinheiro para as passagens. – falei. – Onde ele vai morar? Vai arrumar um emprego?

- Pablo está cuidando de tudo. – disse Ben. – Nick precisa disso, Celina.

Eu suspirei, mas assenti, encostando a cabeça no banco. Porque eu sabia. Eu sabia o quanto ele precisava disso e uma parte de mim estava genuinamente feliz por ele, e eu sabia que ele estaria feliz também. Mas não era possível ignorar a parte egoísta de mim, que gritava de frustração.

- É, eu sei. – murmurei.

Chegamos ao aeroporto três vezes mais rápido do que teríamos chegado em uma situação normal. Valentina estacionou a kombi no lugar reservado para táxis, pois ficava mais perto do que o estacionamento. Nós descemos correndo, ignorando os motoristas que nos gritavam e os pedestres com olhares curiosos e atravessamos as portas do aeroporto, deixando para trás uma trilha molhada.

- Pra qual lado? – perguntei, exasperada, sentindo o corpo pulsando. – Pra qual lado?

Ben, que tinha uma memória melhor que a de nós todos, foi liderando o caminho, guiando-nos por entre a multidão de pessoas com malas, carrinhos de criança e passos lentos.

Quando finalmente chegamos, ele gritou e apontou para o local de uma pequena aglomeração, mas não era preciso, pois eu já o tinha visto.

Avistei Nicolas há alguns metros distância, parado na fila do portão de embarque, passaporte nas mãos e mochila nas costas. Parei de correr e me aproximei devagar, observando-o com uma pontada aguda no peito. Ele encarava o passaporte com a testa franzida, como se estivesse com dificuldade para ler. Os cabelos castanhos estavam bagunçados e caiam em seus olhos mesmo depois do corte. Ele parecia exatamente como eu me lembrava, mas diferente. Lembrei-me de como era ter seus braços ao meu redor, suas mãos nas minhas e os rostos se tocando.

- Nick. – chamei, alto o suficiente apenas para que ele me ouvisse.

Ele se virou rapidamente, seus olhos verdes encontrando os meus, e andou até mim, saindo da fila.

- Fantini ligou. – explicou ele com a voz suave, as mãos escondidas nos bolsos, e eu não soube dizer se estava surpreso em me ver. – Ele escutou meu CD. E gostou.

- Isso é ótimo. – murmurei, sem saber o que mais responder.

- Ele conhece algumas pessoas que acha que podem me ajudar. – continuou. – Mas preciso estar em Londres pra conseguir verdadeiras oportunidades.

Assenti e ele não falou mais nada. Seus olhos verdes estavam mais brilhantes que o normal. Tentei memorizar o jeito como eles estavam grudados em mim, como suas bochechas estavam coradas e os dentes mordiam os lábios inferiores, sabendo que não o veria tão cedo novamente. Sentia-me idiota pelo nó no estômago que havia se formado, sabendo que eu mal conhecia esse garoto e que seus verdadeiros amigos estavam logo ali atrás. Mas ele não era um estranho pra mim, e eu não era uma garota aleatória.

- Queria poder não ir. – Nick sussurrou, a voz rouca.

- Mas não pode. Você precisa ir porque é o que quer. – respondi, rapidamente. – É o que você quer, não é?

Ele assentiu silenciosamente e uma mecha grossa de cabelo caiu por cima dos olhos. Instintivamente, estiquei os dedos para jogá-la para o lado e ele segurou minha mão na sua. Senti seus calos nas pontas dos dedos acariciando meu pulso.

- Isso é loucura, Celina. – suspirou ele. – Minha avó precisa de mim. Ela disse que vai ficar bem com a loja de tecidos, mas ela... Eu não posso só deixar tudo de um dia para o outro e ir, certo?

Eu balancei a cabeça.

- Às vezes é preciso um pouco de loucura para chegar aonde queremos. – respondi, apesar de saber que não era necessário. Ele sabia o que devia fazer, sabia bem melhor do que eu, ou qualquer outra pessoa. – Você tem que fazer o que tem que fazer.

- É.

- É. – concordei com firmeza.

Então, apesar dos olhares que queimavam minhas costas e as dezenas de pessoas que nos cercavam, entrelacei meus braços ao redor de seu pescoço e encostei meus lábios no dele suavemente. Senti a mesma bolha da noite do baile surgir ao redor de nós, excluindo as vozes, os barulhos e os sons ritmados da chuva, criando um universo inteiro e particular. Eu estava consciente apenas de suas mãos na minha cintura e a textura de seus cabelos nas pontas de meus dedos, como se meus sentidos estivessem inteiramente focados naquilo que nos unia. Meu estômago se revirou e eu o puxei para mais perto, sabendo que logo teria que deixá-lo de verdade. Então, empurrei-o para longe de mim.

- Você tem que ir. – murmurei, ainda de olhos fechados. – Não pode perder esse avião.

- Tenho. – ele respondeu. – Não vou.

Então abri meus olhos e tentei sorrir.

- Podemos continuar conversando. – disse ele, as sobrancelhas franzidas como se estivesse angustiado.

Concordei, mesmo sabendo que não iríamos continuar. Até algumas semanas atrás, eu havia vivido minhas vida sem ele, e voltaria a ser assim, mesmo que não da mesma maneira que antes. Então, sabendo que era o que tinha que fazer, dei um passo para trás e soltei suas mãos.

Ele suspirou e abriu um sorriso torto. Encarou rapidamente as pessoas atrás de mim e acenou, virando-se para entrar na fila novamente. Então, voltou-se para mim antes de entregar seus documentos para atendente.

- Você tem que fazer o que tem que fazer, Celina. – disse ele. – Mesmo que ainda não saiba o que é.

Depois, passou pela fila e entrou na sala de embarque. Encarei o ponto em que ele tinha estado por alguns segundos antes de me virar e marchar de volta para a kombi, passando direto pelas pessoas que me esperavam.

Quando chegamos lá fora, o trânsito estava um caos, metade da pista ocupada por Pikachu. Um policial estava no local, escrevendo em um pequeno bloquinho. Ouvi Valentina falar um palavrão atrás de mim e correr para tentar evitar que ele terminasse de escrever a multa. Então, nos apressamos para entrar na kombi, sumindo tão rápido quanto tínhamos aparecido.

Já estava escurecendo quando olhei para o céu pela janela, mas ainda havia uma movimentação de pessoas na rua, segurando sombrinhas que balançavam com o vento forte. A viagem até o meu hotel foi silenciosa, uma atmosfera pesada pairando sobre nós. Antes de chegarmos, Sofia e Ben, que estavam na parte de trás comigo, sentaram-se ao meu lado e me envolveram em um estranho abraço, em que Sofia estava com a cabeça apoiada em meu ombro e Benjamim acariciava meu cabelo com a mão livre.

Então, quando desci da kombi, os quatro prometeram me ligar e pediram que eu desse notícias antes de irem embora. Então, me deixaram sozinha na calçada, a chuva, agora fina e suave, caindo sobre minha cabeça e terminando de molhar as poucas partes secas de meu corpo.

CAPÍTULO 18

Suspirei ao entrar no quarto, sabendo que teria que dar algumas explicações ao meu pai e que ele não estaria feliz. Ele estava sentado na poltrona quando cheguei, o computador no colo, e levantou os olhos quando me ouviu.

- Pai... – comecei, mas ele me interrompeu.

- Não comece a mentir, Celina. – avisou ele. – Quero a história inteira, a verdadeira.

- Conheci um garoto. – respondi, vendo suas sobrancelhas se arquearem. – E fiz amigos. Não foi Lorena que me apresentou para eles, foi o contrário.

- Então todas as vezes que você dizia estar saindo com Lorena...

- Nem todas. – murmurei. – Algumas vezes, Lorena estava lá também.

Ele respirou fundo, massageando as têmporas.

- Não entendo porque você sentiu a necessidade de mentir sobre isso, Celina. – disse ele. – A mentira torna tudo pior, parece que você tem algo para esconder. Você achou que eu não ia gostar desse garoto, desses amigos? Achou que eu iria proibi-la de encontrá-los?

- Não. – respondi sinceramente. – Não achei que você fosse fazer nada.

- Então pra que mentir? – exclamou ele, levantando-se. – Não estou pedindo detalhes, mas estou pedindo para me contar a verdade quando me diz aonde vai e com quem.

Ele suspirou, marchando de um lado para o outro e gesticulando com as mãos.

- E se algo tivesse acontecido, Celina? – perguntou. – Eu não saberia o que fazer, para quem ligar...

- Talvez eu quisesse que uma parte da minha vida fosse exclusivamente minha. – sussurrei, sentindo a cabeça latejando.

Meu pai me encarou, os olhos arregalando-se, o rosto cheio de linhas de expressão. Ele abriu a boca diversas vezes fazendo menção de dizer algo para então fechá-la de volta. Por fim, pegou o computador jogado na poltrona e virou a tela para mim, apontando.

- Como quis que sua aprovação fosse só sua? – perguntou ele. – Como pôde não me contar isso, Celina?

Senti meu coração parar ao ver a página da faculdade brilhando, sentindo uma raiva inexplicável borbulhar em meu peito.

- Eles te falaram? – murmurei.

- Eles me mandaram um email dizendo que o período de pré-matrícula está quase no fim, e você não tinha se manifestado. – explicou ele, com a voz elevada. – Talvez eu consiga entender sua necessidade de privacidade, mas não seja idiota de perder a matrícula, Celina. Eu não entendo como...

- Talvez eu não queira ir, pai. – respondi, a voz firme e alta ecoando pelo quarto, o que fez com que ele desse um passo para trás. – Talvez eu não queira fazer artes visuais, talvez eu nem queira ir para a faculdade.

- E você me diz isso agora? Agora que fez todas as provas, agora que *me garantiu* que sabia o que estava fazendo? – sibilou ele. - Eu te disse que você poderia tirar um ano, Celina, falei que não havia problema, se era o que queria...

- Mas não é o que *você* quer, é, pai? – eu estava gritando de repente, sentindo a pressão das lágrimas de raiva por trás das pálpebras.

Ele parou de se mover para me encarar, a boca entreaberta.

- Não é o que você quer que eu faça. – gritei. – Você não quer que eu tenha essa dúvida, não quer que eu pense sobre outros cursos, não quer que eu deixe de fazer artes visuais, não quer que eu tome decisões sozinha...

- Celina! – exclamou ele, a expressão chocada. – Eu nunca disse isso...

- Mas é verdade! - cuspi. – Você quer que eu seja como a mamãe!

Encaramo-nos por longos momentos em que eu senti a umidade das lágrimas descer por minhas bochechas, vermelhas de agitação. Minhas mãos tremiam e o sangue circulava rápido pelas veias, e meu pai me olhava como se não me reconhecesse.

- Eu nunca pedi que você fosse como sua mãe, Celina, não quero isso. – disse ele, a voz calma. – Quero que você cresça para ser a pessoa que é, com seus próprios gostos e a escolha de ser quem quiser ser.

- Você sempre fala com admiração quando diz que me pareço com ela. – solucei desesperadamente. – Você fica feliz quando faço algo que ela faria. Mas eu não sou ela. Não sou ela, pai. Nunca vou ser. Não consigo.

- Não quero que seja. – disse ele, encarando-me com os olhos pesarosos. – Sua mãe era maravilhosa, mas tinha defeitos como todos nós. Ela era imprudente e até um tanto egoísta. Quando vejo que você se parece com ela, fico feliz, pois é uma boa lembrança. Mas quando você faz algo que ela jamais faria... Celina, são nesses momentos que fico mais feliz, pois vejo que você está se tornando sua própria pessoa.

Eu o encarei, sentindo os soluços roucos subindo por minha garganta.

- Foi você quem colocou essas expectativas sobre si mesma, querida. – disse ele, suspirando. – E sinto muito se eu as incentivei.

Meu pai se aproximou de mim e passou os braços pelos meus ombros, e eu afundei meu rosto em seu peito, soluçando e ensopando sua camisa. Era como se uma grande massa estivesse apertando meu coração todo esse tempo, e ela parecia estar finalmente se dissolvendo e sumindo, aliviando a pressão. Todo o meu corpo parecia frouxo, como se não agüentasse o próprio peso, como se estivesse sucumbindo à própria existência.

- Gostaria que tivesse conversado comigo antes, querida. – disse ele, passando as mãos pelas minhas costas.

Percebi que, antes de hoje, não saberia o que dizer. Percebi que, mesmo que a massa e a pressão estivessem em mim esse tempo todo, eu nunca havia notado, quase como se eu tivesse suposto que eram apenas partes de mim, com as quais eu teria que viver.

- Você quer falar sobre o que aconteceu com esse garoto? -perguntou ele. Quando solucei ainda mais forte, ele respirou fundo e apertou os braços ao meu redor. – Certo, mas, mais tarde, teremos que ter essa conversa.

Eu assenti, sabendo que ele não deixaria os incidentes do dia passarem assim tão fácil, mas feliz por, finalmente, depois de tanto tempo, poder ter um intervalo para descansar.

CAPÍTULO 19

- Então, ele só pulou em um avião e foi embora? – suspirou Lídia. – Que loucura.

Eu estava sozinha no quarto, conversando com Lídia pelo Skype. Meu pai e eu tínhamos conversado por um bom tempo, e ele me deixara contar sobre as vezes que tinha saído com meus novos amigos, sobre o baile e sobre minhas dúvidas com relação à faculdade, enquanto soluçava no seu colo. Ele tinha me dado uma pequena bronca, mas nada severo demais, e agora estávamos bem. Era tarde da noite e ele saíra para comprar o jantar, e eu tinha preferido ficar no quarto.

- Ele não "pulou e foi embora". – murmurei. – Ele não tinha escolha.

- De qualquer jeito, pulou e foi embora. – disse ela. – Sinto muito, Cel. E seu pai?

- Estamos bem. – respondi. – Pelo jeito, só tínhamos um bocado de coisas para falar um para o outro.

Ela assentiu.

- Então, o que você vai fazer? – perguntou.

Eu suspirei, a cabeça doendo de pensar em refletir sobre um futuro mais distante que a próxima semana.

- Não faço a menor idéia.

Ela respirou fundo, encostando-se na cabeceira da cama de seu quarto.

- Nem eu. – disse ela.

- Alguém realmente sabe? – perguntei.

- Bruno sabe.

- Ele pode estar fingindo. – acusei.

Ela riu e balançou a cabeça.

- Não acho que esteja. – suspirou. – Acho que ele tem algo de especial.

Eu a encarei com as sobrancelhas franzidas.

- O que quer dizer com isso? – perguntei, provocando-a.

Vi suas bochechas se avermelharem e ela deu de ombros, sorrindo.

- Não quero dizer nada, Celina. – murmurou ela. – Só estou dizendo.

Eu sorri, observando-a. Ela parecia realmente feliz, como se não precisasse fazer qualquer esforço e como se suas preocupações não ocupassem tanto espaço em sua mente. Ela parecia viva. Viva e vívida.

- Estou feliz por vocês dois. – respondi.

- Eu também. – disse ela. – Só estou decepcionada que aquele encontro duplo não vai acontecer.

- Ele não ia acontecer de qualquer jeito, Lids.

Na manhã seguinte, meu pai hesitou em sair para trabalhar, mas eu insisti que ficaria bem. Depois de ele ir embora, desci sozinha para comer e então me preparei para sair. Lídia tinha me passado a lista de alguns bons livros, e eu percebi que fazia algum tempo que eu não era tomada por uma boa história. Talvez fosse exatamente disso que eu precisasse para me entreter nessas últimas semanas no Chile.

Então, peguei o metrô e fui até a Biblioteca Pública, um prédio antigo, alto e comprido, de cor acinzentada. As pilastras espalhadas por toda a fachada do edifício emolduravam as janelas e as portas, contrastando com as palmeiras plantadas na calçada da frente. Como fui bem cedo, o local ainda não estava tão cheio.

Por diversos minutos, andei sem rumo por entre as enormes estantes, lendo os títulos de livros aleatórios e sentindo as texturas das capas. Então, resolvi pegar um livro que me parecesse interessante em cada sessão, desde economia a artes e direito. Percorri toda a biblioteca e seus andares, sentindo-me dentro de um filme antigo. A decoração se mantinha como a original devia ter sido, com os lustres escuros, tapetes vermelhos e paredes e vidros pintados. Os abajures eram cinza e de aparência pesada, como as grades nos andares de cima. As mesas e cadeiras tinham um tom de madeira escuro, com formatos sinuosos e longos.

Encontrei um lugar vazio e me sentei, levando em pedaços minha enorme pilha de livros. Sabia que não conseguiria ler nem um deles hoje, pois eram todos enormes, mas não pretendia. Queria, de alguma maneira, ver qual deles me fisgaria.

Passei o resto da manhã folheando as páginas amareladas e cheias de poeira, vendo as pessoas indo e vindo das mesas. Alguns de meus livros possuíam algum tipo de história, enquanto outros eram exclusivamente didáticos. De qualquer maneira, criei um processo de análise que consistia em procurar tópicos interessantes no índice e lê-los até que ficasse entediada. Qualquer tópico que fosse interessante o suficiente para que eu conseguisse terminá-lo ia para a pilha de assuntos a serem explorados. No final da manhã, essa pilha possuía sete livros, o que eu considerei um bom começo. Quando a bibliotecária disse que eu só poderia levar três de uma só vez, escolhi-os aleatoriamente, carregando-os nos braços como bebês.

Almocei sozinha em um restaurante próximo à biblioteca. A consciência de que estava sozinha e de que todos pareciam notar era sempre assustadora e desconfortável no início, mas então passava a se tornar insignificante. Quando terminei de comer, andei sem rumo por alguns minutos, e acabei chegando á Universidade.

Fiquei parada na calçada com minha pequena pilha de livros, os olhos fixos no edifício claro e amarelado e no pequeno pátio de concreto cheio de alunos.

- Você precisa de ajuda? – perguntou uma garota de cabelos loiros que passava por mim, abraçando seus cadernos contra o peito.

- Não, obrigada. – murmurei e a vi se afastar.

Não sei por quanto tempo fiquei ali, naquele mesmo ponto da calçada, atrapalhando o fluxo de pessoas e recebendo olhares curiosos. Não soube dizer o que estava fazendo, mas sentia como se não houvesse mais lugar nenhum que eu pudesse ir. Finalmente, meus braços começaram a doer com o peso dos livros e as pernas começaram a queimar de ficarem tanto tempo na mesma posição.

Quando resolvi que já estava ficando tarde e eu estava parecendo ridícula, virei-me para ir embora e acabei dando de cara com o coordenador do curso de artes da universidade, Márcio González.

- Celina. – exclamou ele, surpreso, parecendo ter sido interrompido no meio de um pensamento. – O que está fazendo aqui? Como posso ajudá-la?

Eu o encarei fixamente por alguns segundos. Seus olhos eram pequenos demais para o rosto gorducho e quase sumiam debaixo dos óculos, parecendo estarem sempre fechados. O cabelo já estava quase todo branco, e a barba era rala como a de um adolescente. Lembrei-me de como ele tinha parecido genuinamente decepcionado ao me rejeitar, ao sugerir que eu tirasse um ano para me descobrir. Ponderei rapidamente sobre o que teria mudado se ele tivesse me aceitado, se tivesse ignorado seus instintos e ficasse apenas com a evidência de técnica e talento que eu tinha demonstrado.

- Obrigada por ter dito não. – respondi de repente, as palavras pulando de minha boca. – Acho que estava certo em me rejeitar.

Ele me encarou com os lábios cerrados e os olhos pensativos.

- Por que chegou a essa conclusão? – perguntou.

- Não sei se quero tudo isso. – suspirei, gesticulando para todo o prédio da Universidade.

Ele assentiu como se entendesse.

- Você é boa, Celina. – disse ele com convicção. – Mas ainda estava muito perdida. Vejo no seu rosto que não veio aqui como uma visita planejada.

Eu balancei a cabeça e ele suspirou. Então, olhou ao redor, como se procurasse alguém que pudesse ajudá-lo a lidar com a garota empacada no portão.

- Você gostaria de assistir a uma aula? – perguntou ele, finalmente.

Eu arqueei as sobrancelhas, surpresa.

- Se for possível. – respondi. Ele gesticulou para que eu o seguisse e então me guiou para dentro do prédio.

Minutos depois eu estava em uma enorme sala retangular, sentada na carteira no fundo, mais perto da porta. Era um lugar claro e com muita luz natural iluminando o quadro branco e as carteiras. Os lugares mais na frente já estavam todos ocupados por alunos que conversavam animadamente antes de a aula começar. Tentei não ser notada, para que não precisasse me manifestar. Pretendia assistir a aula e ir embora quietamente. Márcio tinha me colocado em uma aula de Estética, que parecia ser um dos destaques do curso de Artes.

Então, a professora entrou, cumprimentando todos e se dirigindo ao centro da sala. Ela tinha cabelos muito ruivos e desgrenhados, como se jamais os penteasse. Usava uma longa saia de tons escuros e uma blusa larga e preta. Ela sentou-se em cima da mesa e cruzou as pernas, encarando-nos.

- Duvido que tenham começado o projeto do final do semestre, mas vou perguntar mesmo assim. – exclamou ela com um sorriso divertido. – Alguém já começou a pensar no seu projeto?

Quando apenas um garoto ergueu a mão, uma risada generalizada espalhou-se pela sala e eu sorri discretamente.

- Certo. – disse ela, marchando por entre as carteiras. – Então, você, Lucas, é o único que está liberado para não incluir o conteúdo de hoje no projeto.

Lucas assentiu e sorriu presunçoso enquanto os outros o encaravam com os olhos franzidos.

- Vamos explorar os conceitos de percepção e atenção. – disse a professora. – O livro que pedi foi *"Suspensões da Percepção"*, de Jonathan Crary, em que o autor faz o estudo da relação entre nossa percepção do mundo e das coisas, a atenção que utilizamos para compreendê-lo, a sensibilidade, as experiências estéticas e o lugar de cada um desses fatores na sociedade atual. Então, o primeiro capítulo. É feita uma análise de duas obras de Edouard Manet, *O Balcão* e *Na Estufa*. Agora, sei que a maioria não deve ter tido a chance de ler, mas se prestarmos atenção ao início do relato...

A aula teve uma duração de aproximadamente três horas. Por três horas, ouvi uma mulher de cabelos ruivos e olhos arregalados definir, de acordo com o livro, conceitos que antes me pareciam óbvios. Era como se parássemos para pensar em coisas que não precisavam ser pensadas para serem compreendidas. E, ainda assim, houve muita discussão. À medida que ela nos mostrava as pinturas e as analisava, uma nova parte de minha mente parecia se expandir, de maneira que eu olhasse para objetos conhecidos e paisagens simples e enxergasse detalhes que antes passavam despercebidos. Comecei a reconhecer a importância desses detalhes para a compreensão do todo, e então vi como era possível a manipulação dessa percepção. Vi como ela era relativa e ambígua, dependendo de pontos de vista particulares. Ao final da aula, levantei-me rapidamente para poder sair em silêncio, mas vi que diversos alunos ficaram para trás continuando a discussão com a professora.

Já estava no final da tarde quando pisei para fora da faculdade, e havia uma movimentação excessiva de pessoas entrando e saindo do prédio. Andei de volta para o metrô com os livros pesando nas mãos, a bolsa batendo contra o corpo e a mente pulsando de agitação. Eu não havia, de repente, decidido o que fazer, ou mudado toda minha idéia sobre o futuro, mas tinha aprendido algo, com um A maiúsculo. Eu tinha aprendido. Eu tinha experimentado e absorvido algo novo, o que só me acrescentava, e eu estava feliz com a possibilidade de continuar fazendo isso, talvez não necessariamente em uma faculdade.

Quando cheguei ao quarto, meu pai já tinha voltado e estava sentado na cama, mexendo no seu computador. Ele ergueu os olhos para mim e abriu um sorriso, tirando os óculos.

- Como foi o seu dia? – perguntou ele, observando-me atravessar o quarto para deixar meus livros e a bolsa na cama e então entrar no banheiro.

- Foi bom. – respondi enquanto lavava minhas mãos com a água gelada. – Fui à biblioteca.

Quando voltei ao quarto ele estava segurando os livros nas mãos, encarando-os com uma expressão estranha.

- *A História da Oitava Arte?* –ele leu com um tom de questionador. – *Uma Exploração Marinha* e *Princípios da Arquitetura Contemporânea?*

Eu dei de ombros.

- Estou tentando explorar todas as minhas áreas de interesse. – expliquei. – Mesmo sem saber exatamente quais são elas.

- É uma boa estratégia. – admitiu ele. – Então você ficou o dia todo na biblioteca?

Eu o encarei. Ele tinha começado a me observar de uma maneira quase obsessiva e excessivamente cuidadosa, como se tivesse medo que eu fosse desmoronar bem na frente de seus olhos. Então, para assegurá-lo de que estava bem, abri um sorriso e suspirei.

- Fui até a Universidade. – falei e vi seu olhar de surpresa. – E conversei com o coordenador, afinal, ele tinha razão sobre tudo. Ele me deixou assistir a uma aula.

- E como foi? – perguntou ele, parecendo animado.

Pensei por alguns segundos antes de responder, não querendo criar novas expectativas em nenhum de nós dois.

- Foi... Intrigante. –respondi, por fim.

- Intrigante, é? – concordou ele, sorrindo. – Isso é bom.

Eu encarei seus olhos aliviados.

- É sim, pai. – sussurrei, sentindo seu alívio se projetar para mim.

CAPÍTULO 20

Alguns dias depois, resolvi, finalmente, ir até a casa de Sofia devolver seu vestido. Eu tinha mandado-o para uma lavanderia, que tinha conseguido tirar as manchas de sujeira nas barras bem melhor do que eu conseguiria. Eu sabia que o vestido não serviria mais para Sofia, já que tinha sido ajustado para caber no meu corpo. Mesmo assim, parecia errado mantê-lo comigo.

Eu havia ligado mais cedo para garantir que ela estaria em casa, e ela acabara me convidando para um pequeno encontro no seu celeiro, com Val, Lorena e Ben. Quando cheguei a sua casa, fui recebida por todos eles na porta. Estava receosa de que fosse me sentir estranha ao sair com eles sem Nick, já que eu tinha sido, primeiro, amiga dele e não havia tido muito tempo para me consolidar no grupo. Ao contrário do que eu imaginava, porém, não senti qualquer insegurança ao me juntar a eles no celeiro.

- Você acha que consegue ajustá-lo para o seu tamanho de volta? – perguntei Sofia, enquanto ela pendurava o vestido na maçaneta da porta.

Ela me encarou e sorriu.

- Não duvide de minhas habilidades, Celina. – respondeu ela, entrelaçando seu braço no meu e me guiando para sentar no sofá ao lado de Ben. – Espere aí, vou pegar um refrigerante para você.

- Ouvi falar que você ficou louca e desistiu de ir pra faculdade. – comentou Ben, encarando-me com os enormes olhos infantis e brincalhões.

Eu o empurrei com os ombros, mas assenti.

- Te admiro mais a cada dia, Celina. – disse ele, parecendo impressionado.

- Você acabou não sendo uma das certinhas, no final das contas. – disse Valentina, sentada no chão com Lorena.

- Nick ficaria decepcionado. – brinquei, dando de ombros.

- Na verdade, ele te pediria em casamento. – respondeu ela e piscou para mim.

Eu a observei, seus braços ao redor Lorena, como se já estivessem juntas há muito tempo. Sofia chegou então, entregando-me uma lata de refrigerante gelada.

- Você teve notícias dele? – perguntei silenciosamente, cutucando a abertura da latinha.

Valentina suspirou.

- Ele chegou bem. – respondeu ela, a voz disfarçada com indiferença. – Está tentando arrumar um emprego enquanto Pablo tentar marcar uma audição.

Eu assenti, tentando ignorar a pontada no peito ao pensar que ele havia falando com Valentina e, provavelmente, com os outros, mas não comigo. Apesar de entender e já saber que isso aconteceria, percebi que não conseguia controlar a crescente decepção.

- Isso é bom. – respondi apenas. – Então, vocês não vão ensaiar?

Eles trocaram um longo olhar entre si.

- Não sabemos como. – respondeu Sofia, suspirando. – O violino faz falta.

- Nick faz falta. – retrucou Benjamim.

- Vocês não conseguem substituir o violino por algum outro instrumento? – perguntei. – Reorganizar as notas e os acordes?

- Eles conseguem, sim. – respondeu Lorena. – Mas não querem.

Não respondi nada, pois entendia, e não havia o que dizer. O violino era um dos aspectos marcantes da banda, e o instrumento que parecia guiar todos os outros. Sem ele, as notas pareciam desconectadas umas das outras, como se estivessem se apresentando de maneira individual e não como uma composição.

- O problema é que temos uma grande apresentação no ano novo. – suspirou Valentina. – Não sei como vamos fazer. Provavelmente teremos que cancelar.

Vi o outros concordando e percebi o quanto parecia errado que eles estivessem desistindo assim tão rapidamente.

- Ou vocês podem convocar audições. – retruquei, a idéia surgindo subitamente em minha mente.

- Audições? – perguntou Ben, parecendo confuso.

- Sim, audições. – afirmei. – Audições para violinistas.

- Você quer substituir Nick? – perguntou Valentina, parecendo ofendida que eu sequer tivesse sugerido. – Por qualquer outro?

- Não quero substituir Nick, quero substituir o *violinista*. – expliquei. – Sei que não parece bom, mas vocês são uma banda e precisam de um violino para tocarem suas músicas.

- Ela está certa, Val. – disse Sofia. – Não podemos simplesmente cancelar as apresentações e esquecer a banda. Tenho certeza que Nick concordará se perguntarmos a ele.

- Então, audições? – perguntou Benjamim, curioso. – Como exatamente elas funcionariam?

- Bem, vocês são relativamente conhecidos. – murmurei. – Se anunciarem que estão precisando de um violinista, tenho certeza que algumas pessoas apareceram. Divulguem as músicas e as partituras e convoquem as audições. Aquele que tocar melhor, está dentro.

- Vocês deviam tentar. – concordou Lorena.

- Acho que pode ser uma boa ideia. – disse Sofia, sorrindo.

- Eu também. – concordou Ben.

Então, nós todos encaramos Valentina, esperando que ela se manifestasse. Ela suspirou, e então assentiu.

- Certo. – resmungou. – Acho que podemos tentar.

Pelo resto da tarde, iniciamos os preparativos para as audições. Ben anunciou-as em todas as redes sociais da banda, e criou uma página para inscrições. Além disso, foram disponibilizadas as partituras das principais músicas, que deveriam ser apresentadas por cada participante. Colocamos o período de inscrições até o final da semana, com a possibilidade de extensão caso não houvesse muitos candidatos. Tudo parecia estar muito bem organizado, como se estivéssemos planejando há meses. Valentina resolveu que devíamos comunicar Nick sobre o que estávamos fazendo, pois o lugar na banda ainda pertencia a ele. Como esperado, depois de ler a mensagem de Val, Nick concordou que era necessário que ele fosse substituído.

Ao contrário do que esperávamos, tivemos uma quantidade significativa de inscritos até o final do período. Havia vinte e dois violinistas interessados, que viriam até a casa de Sofia na semana seguinte para uma apresentação ao vivo.

No primeiro dia das audições, Valentina, Lorena, Ben e eu chegamos cedo ao celeiro, com o objetivo de nos prepararmos. Não havia realmente nada o que preparar, a não ser o sistema de som, que era naturalmente perfeito. Mesmo assim, estávamos nervosos com a chegada dos primeiros cinco participantes, como se eles fossem nos avaliar, e não o contrário.

Uma mesa longa havia sido posta em frente ao palco no estúdio, com quatro cadeiras. Os pais de Sofia tinham se responsabilizado por receber os concorrentes no portão da frente, conferir suas identidades e então guiá-los ao celeiro.

Estávamos conversando agitados quando ouvimos a primeira batida na porta, e corremos para nos posicionar nas cadeiras, com exceção de Sofia, que abriu a porta. Um garoto muito jovem entrou com seu violino nas mãos, os cabelos pretos caindo até os ombros e os olhos castanhos arregalados.

- Olá. – disse ele, nervoso.

- Boa tarde. – Lorena, que tinha a voz alta e clara, foi a escolhida para guiar as audições. – Qual o seu nome?

- Sebastian Mendes. – murmurou o garoto.

- Idade?

- Q-quinze anos.

Lorena suspirou dramaticamente, rabiscando sua folha.

- Certo. – disse ela. – Pode começar.

Sebastian subiu hesitantemente no palco, ligando seu violino ao sistema de som, as mãos tremendo. Então, ele tirou as partituras amassadas no bolso, colocando-as no suporte.

- As músicas deveriam ser decoradas. – resmungou Valentina, mal-humorada. – Não podemos levar as partituras conosco nas apresentações.

O menino engoliu em seco, e eu a chutei por debaixo da mesa.

- Não assuste os participantes. – sussurrei para ela e então virei-me para o palco. – Está tudo bem. Pode continuar.

Ele assentiu, e então posicionou o violino no pescoço, a mão firme no arco. Quando começou a tocar, as primeiras notas saíram tremidas e incertas, como se ele não soubesse bem o que estava fazendo ali. À medida que tocava, porém, sua confiança foi crescendo de maneira óbvia, e a música começou a fluir. Ele não havia decorado as partituras, mas a leitura dessas não o impediu de tocar como se soubesse exatamente quais notas seguiriam umas as outras.

Quando terminou a primeira música, nós o incentivamos a continuar, e tocar a segunda, e então todas as outras. A última era a música que eu havia assistido a banda tocar pela primeira vez no bar onde os conheci, a versão alterada de *Wake Me Up*. Então, ao terminar todas as partituras, nós o agradecemos e informamos que o resultado seria comunicado em alguns dias.

- Ele não chega nem perto de ser tão bom quanto o Nick. – murmurou Valentina, assim que a porta se fechou. – Isso é ridículo, não vamos encontrar ninguém.

- Esse foi só o primeiro, Val. – suspirou Ben. – Espere até vermos os outros.

Nesse momento, porém, eu concordava com Valentina. O garoto podia ser bom, talvez até excepcional, mas não possuía o talento de Nick. Não possuía sua paixão, presença de palco, ou sensibilidade. Muitas das músicas da banda tinham sido escritas por Nick e eram pessoais. Ninguém conseguiria tocar da maneira como ele tocaria e todos nós sabíamos disso.

Naquele mesmo dia, assistimos a mais quatro apresentações, sendo que a terceira foi a melhor delas, feita por um garoto mais velho. Seu nome era Diego e ele tinha quase vinte e cinco anos. Nenhum de nós podia negar que ele tocava muito bem e tinha decorado perfeitamente a partitura de cada uma das músicas. Porém, quando o conhecemos, esbarramos em outra questão que não tínhamos considerado ao analisar os concorrentes: sua personalidade. Querendo ou não, o vencedor iria participar de todos os ensaios e apresentações, o que significava passar uma boa quantidade de tempo com os outros integrantes da banda. Sendo assim, o ideal seria que, além de tocar bem, o escolhido pudesse ser amigo dos outros, ou, no mínimo, amigável. Mas Diego era arrogante e egoísta, mesmo tocando músicas que não eram suas. Ele fez questão de apontar os erros de composição em cada partitura e se gabar de suas diversas experiências como músico.

- Até me ofereceram um contrato, mas eu não achei que a gravadora seria boa o suficiente para mim. – ele tinha dito, sorrindo. – Precisamos exigir apenas o melhor, não é? Vocês ainda são novos, vão crescer e entender.

- Com sorte, nossos egos não crescerão tanto assim. – respondera Valentina, abrindo um sorriso forçado, o que fez com que nós todos na mesa ríssemos discretamente, tentando parecer profissionais.

O segundo dia foi um enorme fracasso e recebemos participantes que tinham começado a tocar o violino há menos de um ano. Alguns deles não sabiam fazer todos os acordes e outros tocavam com o arco em posições esquisitas. A coisa toda estava parecendo uma brincadeira, e, no final do dia, nós já não agüentávamos mais ouvir ninguém tocando e pensamos em cancelar o resto das audições. Como isso seria injusto, resolvemos continuar, mas a esperança de encontrar alguém ideal estava decrescendo rapidamente. Assim, qualquer pessoa que não fosse péssima, considerávamos um bônus.

No terceiro dia, encontramos opções melhores. Um garoto de dezoito anos que parecia simpático o suficiente tocou bem e com entusiasmo e tinha decorado as partituras. Além dele, uma garota de dezessete anos, apesar de ser excessivamente animada, também se saiu bem. Ben e Lorena estavam votando na garota, enquanto Sofia, Valentina e eu preferíamos o garoto.

No último dia, nos encontramos cedo no estúdio para já eliminar alguns dos participantes e começar a organizar nossas possibilidades.

- Sebastian Mendes. – Sofia estava lendo as fichas com nossas anotações sobre as apresentações de cada participante.

– "Jovem demais, comum demais". Você não pode argumentar que alguém é "comum demais", Lorena.

- Mas é exatamente o que ele é. – respondeu Lorena, dando de ombros, e eu vi Valentina concordar.

- Ele está fora, certo? – perguntou Ben, tirando a ficha de Sebastian das mãos de Sofia. – Ótimo.

Sofia suspirou, mas continuou.

- Felipe Alba. – ela leu e fez uma careta, já entregando a ficha para Ben. – Definitivamente não.

- De acordo. – murmurou Valentina.

- Emilia Gomes. – ela continuou. – "Decorou a partitura, tocou com emoção, parece boa o suficiente". Nossa, esses comentários estão animadores.

- Ei, ela foi boa. – falei, esperançosa. – Voto para que ela não seja excluída ainda.

- Ainda. – disse Lorena, suspirando, e eu revirei os olhos.

- Certo. – disse Sofia, guardando a ficha de Emilia. – Diego Rodriguéz.

- Fora. – respondemos em uníssono, antes que ela pudesse sequer ler o comentários.

- Mas ele tocou muito bem. – disse ela, pensativa. – Talvez devêssemos dar uma chance.

- Não importa o quão bom ele seja se vai querer comandar a banda e tornar os ensaios os momentos mais sombrios do dia. – disse Ben. – Ele está fora.

Então, os pais de Sofia apareceram, avisando que o primeiro participante do dia tinha chegado. Nós nos posicionamos na mesa e aguardamos a batida na porta. Quando Sofia a abriu, uma garota apareceu. Ela parecia ter quase a nossa idade, talvez um pouco mais nova. Os cabelos eram ruivos alaranjados e lisos até a cintura e os olhos azuis destacavam-se em contraste com sua camisa branca. Ela sorriu de maneira amigável ao se posicionar no palco e nos cumprimentar.

- Olá. – disse ela, a voz soando levemente nervosa.

- Oi. Nome e idade, por favor. – perguntou Lorena.

- Anastácia Rivera. – respondeu ela. – Dezoito anos.

Eu arqueei as sobrancelhas, surpresa. Seu rosto parecia o de uma boneca, o que fazer com que ela parecesse bem mais jovem.

- Pode começar. – disse Lorena.

- Certo. – suspirou Anastácia. – Fiz alguns ajustes nas músicas, se não tiver problema.

Nós nos entreolhamos e eu vi Valentina afundar a cabeça nas mãos.

- Por quê? – perguntei. – Elas não eram boas o suficiente pra você?

- Não! – ela respondeu rapidamente, parecendo aterrorizada e segurando com força o violino nas mãos. – Não, de jeito nenhum. Só acho que se houver algo de pessoal nas músicas que toco, elas fluem melhor. Mantive os acordes originais, só acrescentei alguns detalhes de estilo próprio.

Quando não respondemos imediatamente, ela pareceu ficar imensamente desconfortável.

- Mas posso tocar as originais – acrescentou ela. – Se quiserem, posso tocar exatamente igual, tenho as partituras e...

- Não. – foi Ben quem respondeu, e eu acabei me surpreendendo. Ele raramente tinha conversado diretamente com os participantes. – Não, toque a sua versão.

Ela o encarou, as mãos afobadas procurando as partituras na bolsa. Então, suspirou e concordou, posicionando o violino, e começou a tocar.

Era a mesma música que conhecíamos, com os mesmo acordes e a mesma base. Porém, em alguns momentos, ela havia, de fato, adicionado uma singela nota a mais, algo muito suave, que talvez não notássemos se ela não tivesse comentado. Apesar do ritmo se manter, às vezes ela o prolongava por um tempo maior, ou trocava de acorde mais rápido do que Nick faria. Anastácia tocava de olhos fechados, provavelmente por nervosismo, e as mãos tremiam de leve, mas não chegavam a atrapalhar a condução da música.

Quando a primeira música terminou, ela abriu os olhos e nos encarou, receosa.

- Devo tocar a próxima? – perguntou ela.

Nós apenas assentimos, e ela continuou. Ao final de sua apresentação, pedimos seu número para contato e ela saiu rapidamente. Então, trocamos olhares incertos e, ao mesmo tempo, impressionados.

- Ela é muito boa. – eu disse. – Foi a melhor até agora.

- Ela mudou a música. – disse Valentina, balançando a cabeça, mas era claro que ela também tinha gostado.

- E ficou fantástico. – exclamou Ben. – Val, ficou muito bom. Não é o que estamos acostumados, mas talvez seja o que precisamos.

- Concordo com Ben. – disse Sofia. – Ela nem estava tentando corrigir a música, só adicionar seu toque pessoal para que tocasse melhor.

- Uma mudança sutil. – concordei.

- Ela trouxe sua personalidade para a música. – Lorena disse. – É algo que deve acontecer se ela se juntar a banda, já que passará a fazer composições. E ela parece ter uma boa noção das notas, do que funciona e o que não funciona.

Como não tínhamos que tomar uma decisão naquele momento, resolvemos esperar e ver os outros participantes. Mesmo assim, ao final do dia, ainda estávamos todos impressionados com Anastácia e com mais ninguém. O único receio era sua mudança da partitura, já que, apesar de ela ter deixado claro que não era essa sua intenção, tínhamos medo de que tentasse mudar tudo que representava a banda.

- Mudanças são boas, sim, e necessárias. – disse Valentina. – Mas não se vamos deixar de ser quem somos.

- Não vamos, Val. – disse Sofia, suspirando. – Ela é uma pessoa só e claramente não quer fazer mudanças drásticas. Ela só fez o que achou que a ajudaria a tocar melhor.

- Devíamos perguntar ao Nick. – respondi então e todos me encararam. – Ele pode nos dizer o que acha dos ajustes que ela fez.

Então, Ben, que tinha ficado responsável por gravar as audições, passou o vídeo para o computador e o enviou para Nick. Ele respondeu algum tempo depois, dizendo que tinha gostado do que a garota tinha feito com a música. Como era sua composição, ele admitiu que algumas das notas que ela tinha acrescentado faziam a música fluir melhor. Com sua resposta, acabamos decidindo que ela era a melhor opção.

Lorena fez a ligação para avisá-la de que tinha sido selecionada e estava oficialmente na banda. Ela afastou o celular do ouvido quando Anastácia comemorou gritando, sua voz ressoando no estúdio. Marcamos um ensaio para que ela pudesse aprender a tocar com os outros e então a informamos da apresentação na noite de ano novo. Ela parecia muito animada e estava desesperada para fazer tudo o que pudesse para estar preparada. Depois que tomamos a decisão, voltei para casa satisfeita, sabendo que meu trabalho tinha sido feito e a banda não se desfaria, apesar de tudo.

CAPÍTULO 21

Era o dia de natal e eu e meu pai estávamos nos arrumando para uma enorme festa que aconteceria na casa de Lorena. Eu tinha passado a última semana no estúdio com a banda, supervisionando a adaptação de Anastácia. Como não entendia nada de música, meu trabalho se resumia em assistir aos ensaios e dar respostas positivas para incentivá-los. No começo, todos estavam meio perdidos, como se a mera presença de uma nova integrante fosse o suficiente para desestabilizar todo o resto. Mas então, as coisas começaram a se ajustar, e todos aprenderam a lidar com o jeito como Anastácia tocava, sua postura e posição no palco. Lorena até tinha a convidado para a festa, mas ela recusara educadamente, pois passaria o natal com sua própria família.

- Quase pronta, Celina? – perguntou meu pai.

Abri a porta do banheiro e saí, arrumando os brincos dourados nas orelhas. Ele estava sentado na poltrona, segurando um largo presente embrulhado e uma caixa de bombons.

- Sua avó mandou esses pelo correio. – falou, entregando-me os bombons. – E esse é o meu.

Coloquei os bombons na cama e estiquei as mãos para pegar o presente, mas ele hesitou em me dar.

- Não sei se devo. – suspirou ele. – Comprei antes de... Bem, antes de você me dizer que ainda estava em dúvida com relação ao futuro.

Eu ergui as sobrancelhas, encarando-o.

- Tenho certeza que vou gostar, pai. – respondi e peguei o embrulho.

Rasguei rapidamente as camadas de papel estampado que cobriam uma caixa de madeira retangular. Quando a abri, vi que era um conjunto enorme de lápis aquareláveis, tintas a óleo de todas as cores e pincéis de tamanhos e tipos variados. Havia ainda borrachas, esfuminhos e canetas de nanquim. Passei os dedos pelos lápis, sentindo a textura macia, perfeita para colorir.

- Acho que podemos devolver, se quiser. – disse meu pai. – Talvez não devolver, mas trocar por qualquer outra coisa.

- Não precisamos trocar. – murmurei. – Sério. Eu adorei.

Seu olhar estava fixo em mim, estudando-me com cuidado. Eu revirei os olhos e sorri, abraçando-o de maneira desajeitada, pois ainda segurava a caixa.

- Não parei de gostar dessas coisas. – expliquei. – Talvez não seja o que quero fazer como profissão, mas ainda gosto. Eu adorei.

Ele abriu um sorriso aliviado e assentiu. Então, abri meu armário e tirei o livro embrulhado de entre minhas roupas.

- Há! – exclamou ele, depois de tirar o embrulho e ver o título. – Você realmente me conhece, Cel.

Depois de guardarmos nossos presentes e pegarmos aqueles que devíamos levar para a festa, pedimos um táxi. A cidade estava parada, as ruas praticamente desertas. Quando chegamos à casa de Lorena, porém, minutos depois, vimos a agitação que borbulhava dentro da casa. Havia muitos carros estacionados na rua da frente e mais alguns espremidos na garagem.

Fomos recebidos por Marcele e Luciano, que nos guiaram para a sala de estar cheia de pessoas. O lugar havia sido decorado para a ocasião, com luzes brilhantes em volta das janelas, pinhas e pequenos anjinhos nas mesas, e uma enorme árvore de natal no centro, com bolas douradas e vermelhas e uma estrela brilhante no topo. Passei por entre a multidão de adultos para chegar ao sofá do canto, ao lado da janela, onde estavam Lorena, Valentina, Ben e Sofia.

- Celina! – exclamou Benjamim ao me ver, abraçando-me pelos ombros. – Feliz natal!

- Feliz natal, Ben. – respondi, rindo e sentindo o odor estranho que o cercava. – Você está bêbado?

Vi Valentina suspirar e revirar os olhos, frustrada, mas com um sorriso.

- Ele vai me fazer passar vergonha na frente dos pais de Lorena. – murmurou ela. – Vou garantir que eles saibam que você é adotado, ouviu? Vou *garantir* que eles saibam que não sou relacionada a você, escutou, Benjamim?

- O coquetel têm álcool. – explicou Sofia. – Descobrimos isso tarde demais. Ben já tinha tomado muitos.

Eu ri, observando-o tropeçar em volta da árvore de natal, os braços entrelaçados nos de Sofia, quase a fazendo cair. Os adultos os encaravam com olhares estranhos, como se nunca tivessem visto um adolescente bêbado na vida.

- Celina. – chamou Valentina, puxando-me para o lado. – A avó de Nick quer te conhecer.

- A avó de Nick? – indaguei, confusa.

Ela apontou para uma senhora que conversava animadamente com uma mulher que só poderia ser a mãe de Valentina. Seus cabelos e traços faciais eram exatamente iguais, quase como cópias. A senhora era muito baixinha e magra, o vestido largo e vermelho que a engolia fazendo-a parecer ainda menor.

- Cibele Valdez. – explicou ela. – Nick não queria que ela passasse o natal sozinha.

Cibele, que pareceu ter notado que a observávamos, finalizou sua conversa e se virou para nós, andando com passos lentos em nossa direção.

- Val. – cumprimentou ela, apertando a mão de Valentina, e então sorrindo para mim. – Você deve ser Celina.

Eu tentei sorrir enquanto a cumprimentava, sentindo-me inteiramente despreparada.

- Olá. – murmurei.

- Nicolas me falou de você. - disse ela alegremente. – Brasileira, não é mesmo?

- Sim, senhora. – assenti. – Mas meu pai é chileno.

- Uma mistura de nacionalidades, como Nick. – respondeu. – A mãe dele era alemã, não sei se te contou.

- Ele me disse. – confirmei.

Então, ela passou as mãos pelos meus cabelos, como se analisasse-os.

- Você é muito bonita, exatamente como ele disse. – ela murmurou e então suspirou, erguendo os olhos para encontrarem os meus. – Ele não tinha escolha, sabe. Nick sempre quis ir para o exterior tentar a sorte, mas nunca tivemos dinheiro para isso. Eu não o deixaria perder uma oportunidade dessas. Não por mim e não por você.

- Eu jamais o impediria de ir. – respondi, desesperada por fazê-la entender que não guardava nenhum rancor de Nick, imaginando que era isso que ela devia pensar. – Entendo que ele precisava ir. Era a chance de uma vida.

- Ele não aceitou imediatamente. – confessou ela. – Estava tão preocupado com a banda, comigo, com o que você pensaria. Ele é muito altruísta, jamais faz as coisas para si mesmo. Foi assim desde pequeno, muito gentil.

Eu assenti, pois tinha o conhecido o suficiente para confirmar o que ela dizia.

- Nick me disse que você parecia perdida com relação ao futuro. – disse Cibele. – Espero que encontre seu caminho.

- Obrigada. – murmurei, e então ela me puxou para um abraço, os dedos finos segurando meus ombros com força.

Observei-a sumir na multidão, pensando em como ela devia sentir-se sozinha e, mesmo assim, aparentava forte e independente.

- Ela te deu a benção? – ouvi a voz de Benjamim falar atrás de mim e me virei com as sobrancelhas franzidas.

- O que? – perguntei, vendo seus olhos enormes me encarando com expectativa.

- A benção. – respondeu ele embolando as letras, e eu vi que havia outro coquetel em sua mão. – Para você pedir a mão de Nick em casamento.

Eu ri e o levei de volta para onde os outros estavam, enquanto ele olhava ao redor.

Quando o almoço foi servido, tivemos que nos sentar na mesa da cozinha, pois Ben não estava muito bem e Valentina recusou-se a deixá-lo se sentar na mesa principal. Então, comemos separado dos outros, em meio aos pratos sujos e panelas fumegantes.

- Ele é sua responsabilidade a partir de agora. – disse Valentina, apontando para Sofia.

Sofia sorriu, servindo o prato de Ben com uma porção grande de batatas, esperando que ele melhorasse depois de comer. O coquetel já havia sido tirado de suas mãos, e agora ele segurava uma enorme garrafa d'água. Quando viu as batatas em seu prato, agarrou o garfo e começou a comê-las desesperadamente.

- Você é um anjo. – balbuciou ele com a boca cheia para Sofia.

Sofia apenas assentiu e continuou servindo-o.

- Sou mesmo. – murmurou ela, pegando os guardanapos no centro da mesa.

- Ele é sempre assim no natal? – perguntei, divertindo-me.

- Se fosse, ele já estaria na rua. – resmungou Valentina.

Eu ri e me servi de batatas, arroz e algum tipo de carne com molho que parecia chique. Luciano tinha contratado um serviço de Buffet para a ocasião e pelo jeito o cozinheiro trabalhava em algum restaurante tradicional e absurdamente caro no centro da cidade. Ele também era especialista em comidas veganas e vegetarianas, o que não podia faltar na casa de Lorena. Eu havia experimentado algum tipo de prato com cogumelos, que tinha se mostrado bem mais gostoso do que eu esperava. Suspirei, sabendo que meu pai faria uma visita à cozinha para conversar com o chef antes de irmos embora.

Quando todos na mesa principal terminaram de comer, Marcele veio nos chamar para a troca de presentes na sala. Eu havia trazido lembrancinhas para todos, e comecei a distribuí-las quando os primeiros presentes foram tirados debaixo da árvore de natal. Eu pegara alguns de meus antigos desenhos do portfólio e transformara-os em pôsteres individuais de coisas que eu sabia que cada um deles amava. O que eu achava que tinha saído melhor era o de Sofia, em que eu tinha conseguido transformar o desenho de uma mulher simples em uma modelo na passarela, representando seu amor pela moda. Já o de Ben tinha ficado mais ou menos como era originalmente. Como não havia nada para mim que o definia realmente, e ele parecia quase tão perdido quanto eu, completei com aquarela o perfil de um homem em meio a vários prédios e o céu escuro. Para Valentina, desenhei-a como uma médica pediatra no hospital, as mechas azuis brilhando com glitter e o violoncelo em um dos cantos. Por fim, para Lorena, desenhei-a com o microfone em cima de um palco cercado de estrelas e luzes brilhantes, como se estivesse flutuando no espaço.

- Que coisa linda, Celina. – disse Sofia, abraçando-me. – Obrigada.

Valentina e Lorena me deram um abraço em conjunto, o que eu achei estranho vindo das duas, mas passei o braço em volta delas como se o gesto fosse normal. Já Ben parecia confuso com seu próprio desenho, como se não conseguisse enxergar o perfil desenhado em meio aos detalhes da cidade. Mesmo assim, quando mostrei para ele os contornos, ele agradeceu, parecendo ter realmente gostado.

- Não trouxemos presentes. – murmurou Sofia, parecendo preocupada. – Não costumamos fazer esse tipo de coisa...

- Não se preocupe. – respondi sinceramente. – Não esperava que me dessem nada.

E, de fato, não esperava. Eu queria ter algo para dar a eles, mas não pensei que eles comprariam algo para mim. De qualquer maneira, parte de mim precisava se livrar daqueles desenhos, ou transformá-los em algo novo.

- Eu tenho algo pra você. – disse Lorena, e eu a encarei surpresa. – Pra todos vocês, na verdade.

Então, ela pegou um gordo envelope pardo debaixo da árvore e começou a distribuir envelopes menores, um para cada um de nós.

- Bom, não sou realmente eu que estou dando, mas vocês entenderão.

Rasguei o envelope com os dedos, sem entender. Dentro, havia um pequeno cartão de natal. A parte da frente mostrava uma cabine telefônica inglesa coberta de neve, o chão branco marcado de pegadas e uma garota com um cachecol envolto no pescoço, andando com a cabeça erguida. Então, quando abri o cartão, vi a letra bagunçada de Nick, reconhecendo-a da primeira vez que o tinha visto, quando ele escreveu o endereço do bar em um guardanapo.

Um oceanos entre nós
E eu espero que seja suficiente

Porque nos perdemos
Ou porque nos encontramos
Eu aqui porque a perdi
Ou porque a encontrei

Quero segui-la pelo mar
A mesma medida de terror e encanto
Pode valer à pena
Vou fazê-la experimentar
Vou fazê-la entender

Que pode valer à pena

Encarei as palavras rabiscadas, em formato de música, e então sua assinatura embaixo.

Você ia adorar Londres. Gostaria que estivesse aqui.
Feliz natal, Celina. Nick.

Engoli em seco, sentindo o nó na garganta se estreitando, e segurei o cartão com força. Vi que os outros tinham recebido cartões também, e observei as expressões sorridentes em seus rostos.

- Ele é de outro mundo, não é? – comentou Sofia, os olhos brilhantes fixos em mim.

Não pude deixar de concordar.

CAPÍTULO 22

Eu estava na coxia atrás do palco, com medo de tropeçar nos milhares de fios espalhados pelo chão. Valentina, Ben, Sofia e Anastácia estavam andando de um lado para o outro, repetindo para si mesmos as notas das músicas. Eles estavam mais nervosos que o normal, pois o evento de ano novo atraía mais pessoas.

Eu tentava acalmá-los quando Lorena surgiu por trás da cortina. Ela estava, estranhamente, usando branco, especialmente para a ocasião. Dessa maneira, as mechas cor de cobre se destacavam e os olhos azuis pareciam ficar mais tranquilos.

- Está na hora. – disse ela.

Valentina soltou uma longa respiração, como se os pulmões não tivessem espaço suficiente para o ar, e agarrou as mãos dela.

- Qual o problema com vocês? – perguntou Lorena, as sobrancelhas franzidas, olhando ao redor. – Vocês sempre tocam aqui.

Sofia estava muito quieta, Ben parecia prestes a vomitar e Anastácia respirava em intervalos muito curtos, os olhos arregalados. Comecei a me preocupar, já que nunca os tinha visto tão nervosos.

- Isso é diferente. – murmurou Valentina. – Nick não está aqui, há o dobro de pessoas lá fora, estamos tocando músicas novas...

- Tudo vai dar certo. – falei então, resolvendo tomar uma atitude e soltando-a de Lorena para posicioná-la no palco. – Vocês vão arrasar.

Então, abracei rapidamente Sofia, Ben, e até Anastácia, e os empurrei para frente, seguindo Lorena. Nós tínhamos conseguido um lugar na frente do palco, pois chegamos ao bar bem no começo da festa, quando ainda não havia quase ninguém, com exceção dos funcionários e da banda. Agora, o lugar estava lotado de pessoas usando roupas brancas e conversando alto enquanto o show não começava.

A cortina preta abriu-se de repente, e eles logo começaram a tocar. Apesar do nervosismo, não erraram sequer uma nota, o que eu saberia, pois tinha assistido a todos os ensaios. Anastácia tinha melhorado muito sua presença de palco e dançava de um lado para o outro enquanto tocava, uma vez que o seu instrumento era o único que permitia movimento.

Parecia haver um pequeno grupo de adolescentes que já conheciam a banda e foram os primeiros a começar a dançar.

No início, todos estavam prestando bastante atenção, mas então, ao decorrer da noite, a maioria das pessoas se dispersou.

Lembrei-me da minha primeira noite aqui, quando os vi no palco sem conhecê-los e me encantei pela maneira como tocavam. Apesar de terem se passado apenas algumas semanas, muito tinha mudado. Eu jamais teria imaginado estar aqui, agora, com essas pessoas.

Mesmo com a saída de Nick da banda, essa tinha mantido sua energia com Anastácia. À medida que o nervosismo inicial passava e eles se soltavam, observei a música tomar conta de cada um, como se entrassem em seu próprio universo. O show era para os outros, e, de certa forma, um trabalho, mas não era o que parecia. Não havia nenhum lugar onde eu os via tão à vontade quanto no palco tocando, e era contagiante.

- Eles são realmente bons. – comentou Lorena, sentando-se ao meu lado no sofá. – E muito originais.

Concordei com a cabeça, virando-me para ela. Era estranho que tivéssemos nos reaproximado assim tão rápido, mas nossa identificação era realmente impressionante. Agradeci meu pai por, de certa forma, ter me forçado a dar uma segunda chance a ela.

- Você já sabe o que vai fazer esse ano? – perguntei, sabendo que ela, assim como eu, tinha terminado o Ensino Médio e não planejava ir imediatamente para a faculdade.

- Estou evitando pensar sobre o assunto. – confessou ela.

- Eu também. – concordei. – Mas teremos que pensar em algum momento.

Ela suspirou.

- Já pensei tanto por tanto tempo. – reclamou. – Agora que decidi não ir para a faculdade esse ano, quero parar de pensar um pouco.

- Você pode me visitar no Brasil. – sugeri.

- É sério? – perguntou ela, encarando-me com os olhos questionadores. – Porque se for sério, vou realmente falar com meus pais.

- Se quiser. – respondi, dando de ombros. – Só estou te dando mais uma opção.

- Parece que existem muitas, não é? – comentou ela. – Eles agem como se só houvesse uma, mas na verdade não.

- Não comece com as teorias da conspiração. – pedi, sorrindo. – Mas é verdade.

Nesse momento, a banda anunciou que já era quase meia noite. Todos nos levantamos e pegamos taças de champanhe que estavam sendo servidas no balcão. Então, Valentina começou a contagem regressiva, até que, finalmente, fosse meia noite.

Os fogos surgiram pouco depois dos gritos, iluminando o céu que cobria o bar e o resto do mundo. Vi diversas pessoas trocando seus beijos de ano novo, inclusive Ben e Sofia. Valentina também largou o violoncelo por um segundo e correu para Lorena, segurando seu rosto com as mãos, as mechas azuis espalhando-se pelos ombros das duas. Eu e Anastácia percebemos que estávamos sobrando ao mesmo tempo, e nos encontramos para fazer um toque com as mãos. Assim que a euforia inicial havia passado, eles voltaram a tocar, acompanhados pela platéia mais animada do que antes.

Eu costumava ser muito cética com relação a momentos como o ano novo, quando promessas eram feitas apenas pela data e então quebradas no dia seguinte. Odiava a noção de que tudo mudaria, de que, de certa maneira, tornaríamo-nos pessoas novas e melhores. Tudo me parecia uma ilusão desnecessária, apenas mais um ideal que levaria à decepção.

Naquele momento, porém, entendi as pessoas que se agarravam ao ano novo como um recomeço. Entendi a possibilidade que se apresentava, a noção de que, realmente, era um tempo de mudanças. Talvez não fosse real, talvez fosse apenas uma baboseira da data, e, no final das contas, nada fosse realmente mudar. Mesmo assim, olhando para o céu estrelado e, agora, colorido pelos brilhos dos fogos, o som dos instrumentos coordenados preenchendo meus ouvidos, acreditei. Acreditei em uma inexplicável magia de ano novo, e o mundo se abriu diante de mim, cheio de novas possibilidades.

CAPÍTULO 23

Alguns meses depois

Eu estava cansada, as mãos sujas de manteiga e o rosto pingando de suor. Mesmo assim, podia sentir a expectativa fazendo meu corpo pulsar de animação. Encarei o relógio pregado na parede vermelha com as sobrancelhas franzidas. Então, quando ponteiro marcou onze horas, corri para fora do balcão e então para o vestiário, onde me libertei do ridículo uniforme. Pelos últimos seis meses, eu havia trabalhado no cinema local de minha cidade, dividindo meus horários entre a venda de ingressos e a distribuição da pipoca. Hoje, finalmente, era meu último dia.

Eu não odiava o emprego no cinema, se fosse realmente parar para refletir. O movimento de pessoas era animador, mesmo que eu tivesse aprendido da maneira difícil o quanto clientes podem ser insuportáveis. O cheiro de pipoca constante tinha começado a me enjoar, mas, trabalhando no balcão, eu podia comer quando quisesse. Além disso, eu ganhava ingressos de graça todo mês. Era um trabalho suportável, com suas vantagens e desvantagens, mas eu tinha me aplicado por apenas um motivo: o dinheiro.

Depois que chegamos do Chile, minha mente ocupou-se em pensar sobre o que gostaria de fazer no ano que teria pela frente. O cursinho era uma possibilidade, mas eu não achei que ele me ensinaria o que eu precisava aprender. Então, resolvi, juntamente com Lídia e Lorena, que iria viajar. Meu pai não havia facilitado as coisas, e me disse que pagaria uma parte das despesas, mas o resto eu teria que pagar sozinha. Foi quando arrumei o trabalho no cinema, que pagava bem e tinha um horário bom.

Lorena tinha, de fato, aceitado meu convite e vindo para o Brasil. Seus pais tinham deixado-a vir, desde que ajudasse meu pai com os negócios da vinícola. Então, enquanto eu trabalhava no cinema, Lorena se afogava em trabalho de escritório. Em compensação, ela tinha sido aceita para a Universidade do Chile, e começaria a cursar Psicologia no segundo semestre do ano.

Lídia, ao contrário de Lorena e eu, tinha começado a faculdade. Ela havia se decidido por Serviço Social, deixando sua outra opção, Publicidade, apenas como um hobbie. Tínhamos marcado a viagem para julho para que coincidisse com suas férias, ou pelo menos parte delas.

Como estávamos planejando uma viagem no estilo mochilão, nosso roteiro ainda não estava inteiramente definido. Chegaríamos à Espanha, e então escolheríamos nosso caminho partindo de lá. Parecia uma estratégia arriscada, e meu pai não tinha concordado com ela inicialmente, mas eu acabei convencendo-o de que a espontaneidade me faria bem.

Pisei para fora do cinema, sendo recebida por um vento gelado, e apertei o casaco ao meu redor. As ruas estavam quietas, com apenas algumas pessoas passando correndo. A maior movimentação veio alguns minutos mais tarde, quando a última sessão acabou e uma multidão lotou a calçada. Apesar de ser tarde, eu não via problema em andar sozinha para casa, a apenas alguns quarteirões de distância.

Caminhei tranquilamente pelas ruas conhecidas, observando as casas e lojas familiares, com um sentimento estranho de nostalgia antecipada. Tinha sido estranho voltar para minha cidade depois da viagem para o Chile, visto que tudo aqui continuava exatamente igual, e eu estava tão mudada. Percebi, com certa surpresa, que as últimas semanas tinham sido impactantes para mim, mas que, para o resto do mundo, elas tinham sido apenas mais um conjunto de semanas, como qualquer outro.

Quando cheguei em casa, tarde da noite, encontrei meu quarto cheio. Lorena estava espalhada em minha cama, e Lídia tinha se jogado em um colchão. Ela havia vindo dormir na minha casa essa noite, pois nosso vôo era cedo na manhã seguinte e meu pai ia nos levar até o aeroporto de Guarulhos.

Tentei empurrar Lorena para o lado, para que eu também pudesse me deitar, mas ela apenas resmungou e cobriu o rosto com o travesseiro. Ela tinha estado mal humorada na última semana, pois brigara com Valentina. Inicialmente, Val e Sofia pretendiam viajar conosco. Porém, Sofia estava no cursinho enquanto não tomava uma decisão com relação ao seu futuro, e Valentina estava mais ocupada que nunca com a faculdade. Lorena não tinha ficado nada feliz quando ela disse que não poderia viajar conosco.

Como não havia espaço para mim em minha própria cama, atravessei o corredor para o quarto de meu pai e me curvei ao seu lado, puxando as cobertas para que cobrissem meus pés gelados. Apesar de já estar tarde, e eu saber que precisaria acordar cedo, não consegui dormir imediatamente. Minha mente estava agitada, pensando sobre o dia seguinte.

Pensei em como minha vida tinha se desdobrado de uma maneira que eu não imaginaria, e que todos os planos que eu antes tinha feito não haviam se concretizado. Agora, isso não me parecia mais algo negativo.

O despertador tocou cedo demais e eu senti os olhos pesando ao me levantar e terminar de fechar minha mala. Ela tinha estado pronta por dias, pois eu não conseguira conter minha ansiedade.

A viagem de carro foi silenciosa, cada um de nós sucumbindo ao sono. Só quando chegamos ao aeroporto, algo pareceu nos acordar. Senti a atmosfera conhecida de idas e vindas e a sensação de histórias acontecendo, e me lembrei do por que eu realmente amava viajar.

Cedo demais, chegamos à entrada do portão de embarque e eu me virei para meu pai. Seus olhos estavam cheios d'água, e eu estiquei os braços para abraçá-lo.

- É só um mês, pai. – sussurrei, sentindo a tensão em seus ombros e sabendo o quanto isso devia ser difícil para ele. – Vou ficar bem.

Eu e meu pai tínhamos nos aproximado muito nos últimos meses. Éramos mais honestos um com outro e mais compreensivos. Mesmo assim, as brigas continuavam constantes.

- Preciso de notícias diárias. – pediu ele, segurando meu rosto entre as mãos. – E quero saber exatamente onde estão, para onde vão em seguida, como vão chegar lá e onde vão ficar.

- Sim, senhor. – murmurei, sorrindo, e então ele me soltou, empurrando-me com as mãos.

- Vá logo antes que eu decida que isso é uma má idéia. – resmungou ele, acenando enquanto passávamos pelo portão.

Senti um medo agudo invadir meu coração ao perceber que, a partir de agora, estava sozinha, ou, pelo menos, sem um pai ou guardião. Senti a pressão das lágrimas por trás das pálpebras, mas engoli o nó na garganta, sabendo que isso aconteceria em algum momento. Ao mesmo tempo, meu estômago se revirou com uma nova e emocionante sensação de aventura e liberdade.

- Você está bem? – perguntou Lídia, tocando meu ombro.

- Estou. – suspirei. - Não. Não sei.

- Podemos dar uma passada em Londres. – provocou Lorena. – Tenho certeza que isso te animaria.

Revirei os olhos e a empurrei de leve. Eu não havia tido notícias de Nick há algum tempo, e nós não tínhamos nos falado diretamente. As únicas informações que eu recebia vinham de Valentina, que ainda conversava com ele pelo menos uma vez por semana. Tínhamos nos afastado, como eu esperava que acontecesse, e como me parecia natural. Eu havia aceitado o fato de que ele havia sido uma parte curta e passageira de minha vida, como algumas pessoas são, e não era um problema. Aprendi a ficar feliz com o fato de que tinha sido curto, mas não inexistente, e que o tempo reduzido só tornava a experiência ainda mais impressionante e especial.

- Estamos mesmo fazendo isso. – ouvi Lídia suspirar algum tempo depois, quando estávamos dentro do avião, ajeitando nossos cintos.

Eu a encarei e sorri, vendo o brilho de meus olhos refletido nos seus. Então, agarrei com força os braços da poltrona, sentindo o frio na barriga crescer à medida que o avião acelerava e então decolava, levando-nos em direção à mistura de púrpura e laranja que era o céu da manhã.

Made in the USA
Las Vegas, NV
05 June 2023

72999174R00173